小学館文庫

老いては夫を従え

柴門ふみ

JN019757

小学館

目次

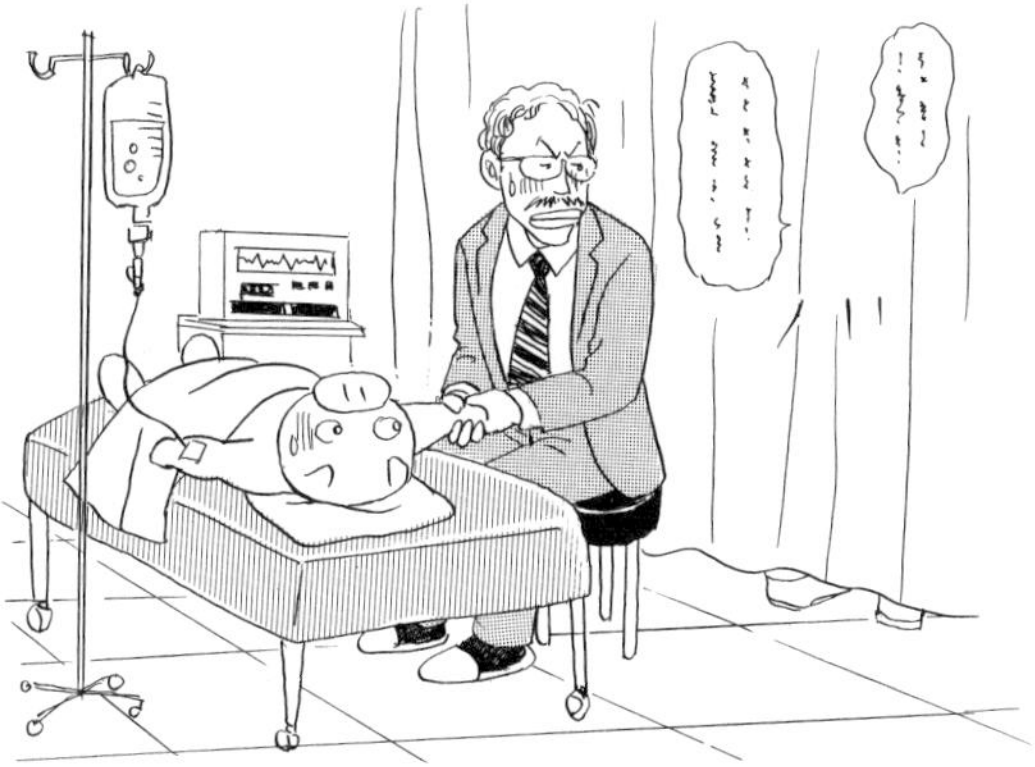

ハロリッ!

一　老いては夫を従え

井《い》の頭《かしら》公園に散歩に出たところ、池にかかった橋の上で夫婦と思《おぼ》しき中年カップルが写真を撮り合っていた。

「もっと笑って、笑って。はいチーズ」

夫から大きな声で指示を出された妻は、池をバックに欄干にもたれかかり、モデルばりにポーズを決めてニッコリ微笑《ほほえ》む。地味で善良そうな、まったくありふれた中年女性だった。おそらく五十代後半～六十代前半。服装も灰色のスカートにベージュのセーター。顔は白粉《おしろい》をはたいて口紅を塗っただけの日常メイクで、白髪《しらが》まじりの頭は、風に乱れるまま。それでも気にしない様子。

けれど夫は本当に嬉《うれ》しそうに高級レンズを装着したデジカメのシャッターを切り続け、妻もそれに応えてはポーズを変えて女優のごとくえん然と微笑むのだった。

若者や新婚カップルならばそんな光景もありふれていようが、ごくごく平凡な中年カップルの愛情に満ちたデート（？）風景に、人の目は否応《いやおう》なく引きつけられた。私だけではない。若いカップルも何ごとかしらと、クスクス笑いながら彼らの横を過ぎてゆく。

そんな中、

「おい、おまえも撮ってやろうか」

別の中年カップルの、夫らしき男がおそらく妻であろう女性に声をかけた。手にはやはりデジカメを持っている。

「……」

妻は無言で手を振った。明らかに不機嫌な表情だ。

「なあ、ほら、噴水バックにして……」

同年代のカップルに刺激されたのか夫が再び妻に言った。すると突然、

「あかんいうてんやろ‼」

生粋の関西弁が大音量で響き渡ったのである。

おそらく妻は、結婚によって関東住まいを余儀なくされた関西出身者なのだろう。関東地方で数十年夫婦として過ごしたけれど、体の奥からこみ上げてくる心の叫びは、やはり馴染《なじ》んだ関西弁であった。

しかし、夫に写真を撮られるのがそこまで嫌なのか？

二組の熟年カップルの妻側には相違はあれど、どちらも夫が妻に余生を頼っているように見えるという点では共通であった。平日の昼間の出来事だったので、おそ

らく夫たちは定年退職したサラリーマンなのだろう。

彼らのみならず、定年後急に妻に依存し始める夫の話をよく耳にする。確かに、美術展やコンサート会場には中高年のカップルが増えている。

「最後に男が頼るのは、結局女房なんだよな」

いつも強気なウチの夫でさえ、六十五歳過ぎた頃からそんな言葉を口にするようになった。

どうして、男は妻に頼るのか？

それは、孤独が怖いからである。

なぜか年寄りには、〈孤独〉という言葉がつきまとう。好きで孤独になるわけもなし。それなのに、人は歳をとると、なぜ孤独になるのか？

五十を過ぎてからの私は、時間があれば掃除ばかりしている。趣味は、清掃。ストレス解消法は、整理整頓。そう言っても過言ではない。掃除ができていない部屋では何をする気もおきない。なので、仕事の時間を削ってまでも、掃除をする。本末転倒なのだが。

やはり自宅で仕事をする同年代の女性にこのことを話したところ、

「私もそうよ。一日中掃除してるわ。これってつまり、歳とって我儘《わがまま》になったからなのよ」

「はあ？　我儘？」

掃除することのどこが我儘なのかと私は聞いた。すると、

「若い頃って、多少雑然とした部屋でも我慢できたじゃない。その我慢ができなくなったってことが、ワガママなのよ」

彼女は言う。辛抱できずに、この世を〈我が〉の思うままにしたいと欲することが我儘なのだ、と。

そうか。確かに、私の部屋は散らかっていようが埃《ほこり》だらけであろうが、他人にとってはどうでもいいことである（よほどのゴミ屋敷でなければ）。でも、私は我慢ならない。だから、徹底的に掃除をするのだ。

チリ・埃だけではない。最近私はある種の音に対してどうしても我慢できなくなっている。

若い頃は線路脇のマンションの一室を仕事場にしていて、数分置きに通過する電車の音もまったく気にならなかった。けれど、歳をとるにつれ騒音が駄目になってしまったのだ。

ある日のこと。自宅前を少年たちがスケボーをゴロゴロ・ガーガー滑らせて遊ん

でいた。少しのことなら、私も大目に見た。しかし、それが半日、正午過ぎから夕方まで続いたのである。しかも、ガラガラ滑るだけでなく、どうやらジャンプしては地面に飛び降りる技を練習しているらしかった。突如、ガッシャーン!!と地面が割れるぐらいの大きな音が響きそのたび、私の心臓はびくっと跳ね上がった。

夕刻。一向にゴロゴロ・ガーガーをやめない少年たちに、ついに私は意を決し外に出た。すると、やつらのものと思しきリュックが我が家の玄関口に置かれている。スケボー少年の顔を見ると、痩せて気弱そうな眼鏡小僧だ。よしこれなら、勝てる。そう思った私は強い口調で言った。

「人んちの玄関前にリュックを置かないで頂戴！」

「……」

謝りもせず、しかし少し気まずそうな表情で眼鏡小僧はリュックをどけた。

「それとね、道路は人や車が通行するところで、遊び場じゃないのよ！」

もはや我慢のきかなくなっている私は、小僧を睨《にら》みながらさらに強い調子で言葉をかけた。すると小僧の後方数メートルの位置から、私よりずっと強い睨みをきかせた図体《ずうたい》のでかい不良少年が、こっちをじっと見ているではないか。

「み、道で遊ぶと、車とぶつかったりして危ないからね」

逆ギレされたら怪我《けが》だけではすまないかも、と思い、ひきつった笑顔の私は足早にその場を立ち去り駅前の交番に駆け込んだのである。

「道路で子供たちがスケボーで遊んでいて危険なので注意してください」

その五分後、自転車に乗ったお巡りさんが現地に到着してまだスケボーに興じていた少年たちを引き連れて立ち去った。それを電信柱の陰から確認した私はほっと胸を撫《な》で下ろしたのであった。

それ以降、スケボー少年は姿を見せないし、お礼参りも受けてはいない。

「最近の若者は、キレると何するかわからないから、近づくな。多少騒いでいても注意してはいけない」

日頃夫からそう注意され、その通りだと、私も守っていたのだが……。我慢しきれなくなっていたのですよ。おそらく歳をとって我儘になってしまったせいで。

近年、ご近所トラブルが殺人事件にまで発展している。そして、老人同士の我儘が原因のケースが少なくない。「お互いに辛抱しましょう」という言葉が、まったく通じなくなっている。

我慢できない→我儘→人から敬遠される→孤独
という図式は、老いを重ねると逃れられない宿命なのであろうか？

若い頃は、日本人らしい我慢強さを人並みに備えていると自負していた私なのだが、年々辛抱がきかずに我儘になってきているのを実感する。

一方、年老いても孤独にならずに賑《にぎ》やかに楽しそうに暮らしている人たちもいる。平均九十歳超えの、蟹江《かにえ》ぎんさんの四人の娘さんたちなど、その代表だろう。彼女たちのドキュメント番組をテレビで見たことがある。今も四人姉妹仲良しで、毎日会ってはお喋りをしている。これはやはり、〈姉妹〉というのが、ミソなのだ。幼い頃から性格を熟知し合っていて、誰かの我儘は誰かが受け流す。そんな風に役割分担ができていれば、衝突も起きずストレスもたまらず、結果長生きとなるのだろう。（注意・二〇一九年現在ではお二人）

結局、自分の快適（我儘に生きる）を選ぶか、辛抱してでも仲良しごっこをするか、のどちらかなのだ。親子、夫婦といえども、好みや感性が違うのだから一緒に暮らすと様々な摩擦が生じてしまう。

実際正月三日間、子供たちがウチに戻ってきてそのことがようくわかった。風呂に入る時間、食事の献立、すべてにおいて我が子たちは〈我〉を張るのである。成人して十年も経《た》つと自分の子供たちといえども思い通りに動かない。今後、同居は無理だなと、私はしみじみ感じたのであった。

だったら、夫と二人で、井の頭公園で写真を撮り合う夫婦を目指すしかないのである。

男が最後に頼るのが女房というのは、我儘を許してくれる最後の人間だから、ということなのであろうか。

しかし、いずれ配偶者もどちらかが先立つ。

夫に先立たれた女は最後に、我儘を聞いてくれる（聞くふりをしてくれる）女友達と、警備会社と、お巡りさんに頼ろうっと。

（初出　「本の窓」二〇一三年三・四月合併号）

二　「アジサイ」と「アサガオ」

「十二時半に予約したヒロカネです」

定期健診に訪れた病院の窓口で私は名乗った。すると、受付の女性が驚きの表情で声を上げた。

「えええっ。ヒロカネさん？　十一時半の予約時間になってもおいでにならないので、何度も電話したのですよ」

その瞬間私の頭は猛スピードで回転し、そうしてすべてを鮮明に思い出した。

そうだった。昨日夕方仕事を終えて、机上カレンダーに〈明日朝十一時半病院〉と書かれているのをちゃんと確認し、さらに寝る前に〈十一時半〉とスケジュール手帳で念押しをしている。それがなぜか朝になると〈十二時半〉と思い込んで行動していた。十時ごろ電話をかけてきた友人に、

「病院は十二時半だから、もう少しお喋りできるわ」

そう会話したこともはっきり覚えている。

寝て起きて、一体どの時点でこの記憶のすり替えが起きたのか。私にはそれがま

ったくわからなかった。しかし、そんなことを細々《こまごま》と説明されても相手も迷惑だろうと思い、弁解を端折《はしょ》って謝った。

「す、すみません。すっかり勘違いしていました。電車に乗っていたので、携帯の連絡も気づきませんでした」

「そうですか。まだ、何とか間に合いますから、午前の最後の患者さんということで、検査室にお入りください」

何度も定期健診に訪れている病院だったので、先生も受付係の人も融通を利かしてくれた。これが、初診で訪れた見ず知らずの病院であったなら、もっとケンモホロロの冷たい態度で、予約を取り直してくださいと言われたことであろう。

悪気はなく、自分でもわからない記憶の齟齬《そご》が脳内で起きているのだ。そしてそれは間違いなく、〈老い〉の兆候なのである。


そこでふと、十年ぐらい前のある出来事を思い出した。

「いや〜。記憶ってウソをつくものなんだな〜」

ある日夫が、頭を掻《か》きながら私に報告した。

それは、ゲストが青春の思い出の場所を訪ね、そこからラジオの生放送を流す、という企画の収録に彼が出かけた時のことだった。夫は大学生時代からずっと通っていた下北沢《しもきたざわ》の喫茶店を選び、本番当日、久し振りにその店を訪れた。

二時間の生放送ということで、あんなことやらこんなことを話そうと、夫は自分なりに構想を練っていた。

「学生時代から友人とともに過ごし、社会人となってからも、この店に通い続け、お気に入りは、窓際のあの席……」

その時、血相を変えた番組のディレクターが夫の下に駆け寄ってきた。

「大変です、ヒロカネさんが学生時代、この店はまだ存在していません！」

店から提供された資料に目を通すと、確かに開店したのは、夫の大学卒業より後の年度と記されている。店が嘘《うそ》をつくはずがない。そこで急遽《きゅうきょ》、夫は喋る内容を変更したのだという。


「しかし、不思議なんだな」

夫が私に言った。

「俺の記憶の中では、学生時代の俺があの店のあの席に座っていて、それが映像として頭の中にきっちり残っているのだがなぁ」

「記憶は嘘をつくって言いますからね。人は耐えられないほどのつらいことを体験すると、それを忘れさせるために嘘の記憶を作り出す、みたいなことを脳科学の本で読んだことがあるわ」

　私は答えた。すると、

「そうか。だから俺はつらいことはすべて忘れて、人生は楽しいことばかりだったと思っているのか」

　彼があんまり晴れ晴れとした顔で言うので、

「いや、あたしはすべて覚えている。嫌なことも、何ひとつ忘れていない」

　にこりともせず私は返した。


　その出来事が、十年ぐらい前のことだから、夫は今の私と同じ五十代半ばだったはずだ。どうやら、この年齢ぐらいから、単純な物忘れに加え記憶のすり替えが頻発するようになるみたいなのだ。

　にこりともせず夫に返したのは、あの日、私は夫に腹を立てていたからで、だからあのような冷たい言葉を言い放ったのである。が、それが一体何に腹を立てていたのかが、今や私の方もすっかり忘れていて、さっぱり思い出せない。

　もう歳とったのだから、不愉快な思い出はすべて忘れようと、記憶が勝手に動き始めているのだろうか。

記憶が勝手に消えて、嘘が勝手に脳に植えつけられる段階に進む一方、言葉と行動が乖離《かいり》するという症状も現れ始めている。

ある夏の日の、私と夫の会話である。

「〇〇〇〇がきれいに咲いたわねえ」

「咲いたのは、朝顔だよ」

「だから、そう言ったでしょ」

「キミは、アジサイが咲いたと言った」

「えっ、そうお？」

おかしいな、確かにアサガオと言ったつもりだけど。私は夫の言葉に納得ゆかなかった。そしてその次の日、私は朝顔の鉢の前で夫に声をかけた。

「お父さん、アジサイが枯れかかっているわ」

言って自分で気づき、驚いた。

頭の中では〈朝顔〉と認識して〈アサガオ〉と発せよと命令しているはずなのに、出てきた言葉は〈アジサイ〉なのだ。

脳と口がまったく連動していない。

そういえば、二十五年ぐらい前のことである。私の母が、まだ幼稚園ぐらいだった孫娘に向かって、

「じゅんちゃん、じゅんちゃん」

と、娘である私の名前で呼んでいた。そのたびに私は強い口調で、

「また間違えてる！　あの子はマリコ！」

と、いちいち注意していた。

しかし、当時母の頭の中では〈マリコ〉と表示されていて、けれども口から出る言葉がなぜか〈じゅんちゃん〉となってしまっていたのだろう。

そのことが、今の私にはよくわかる。なぜなら、今まさに私がその頃の母の年齢であり、アサガオをアジサイと言い続けているのだから。

老人性の言い間違いを、いちいち訂正してはいけない。というか、訂正しても意味がないのだ。それはもう、本人の意思を超越しているものなのだから。

「このオカズはご飯になるね」

つい先日、夫が食卓で発した言葉である。薄味の酒の肴《さかな》に醤油《しょうゆ》をたらして濃い味付けにした直後だったので、

「こうすれば、ご飯のオカズとしても食べられる」

と言いたかったのだろう。

「ご飯が、オカズなわけないでしょう」

よっぽど声に出して言いたかったけれど、こらえた。

もはや、厳密な言葉など不要なのである。そういう年代に突入したのだ。それでも成り立つ人間関係が存在することに、私はようやく気づけた。それによって他人に優しくなれた気がする。怒る前に、腹を立てた原因を一瞬で、すでに忘れてしまっているせいもあるが。

同年代の女性同士で会話していると、その傾向が顕著である。お互いまったく相手の話を聞いていない。相手の話題が途切れ、息継ぎに入ったとたん、文脈に関係なく自分の喋りたいことを、こちらも一方的に喋るのである。それでも人間関係が成り立つのは、長年つちかった信頼関係があるから。自分が喋っていることを相手が聞いていないことも、じつは重々承知している。自分だってそうだから、腹も立たない。相手にも自分にも寛容になれるのが、オバサンの特徴だ。気心知れた相手と、場を共有できればそれでいいのだ。

だいいち歳をとると、いちいち人の話を聞いてなんかいられない。もう無駄な理解力なんか使いたくないのである。私はレストランで料理が運ばれてくるたびに説明される内容を、まったく聞いていない。聞いても覚えられないし、今日食べた料理が何であったかなど、もうどうでもよくなっている。

さらに、本日のデザートを口頭で説明されるのも困る。三番目以降はまったく覚えられないからだ。なので適当に、

「三番目のをください」

と言うことにしている。レストランは高齢者のために、本日のデザートの内容を毎日紙に書いておいてほしい。

（初出　「本の窓」二〇一三年一月号）

三　青春返りの、ススメ

一月我が家は、家族三名（私、娘、息子）のお誕生月である。そこで夫におねだりして、家の近所では一番高級な寿司屋《すしや》に連れていってもらうことにした。店はカウンターのみの八席。当日私たち家族以外には、もう一組家族がいるだけであった。

「いらっしゃい。お寿司の前に何かお造りにしますか？」

店主は貫祿《かんろく》のある、いかにも職人風の親父《おやじ》だ。

「そうだな、日本酒に合う肴をもらおうか」

夫の言葉に、

「今日のお薦めは、フグです」

親父さんは提案した。すると、夫はこれ見よがしに顔をしかめた。

「俺、フグのポン酢味が駄目なんだよね」

「あ、ポン酢お嫌いですか。じゃあ、フグの握りにしますか？」

「俺、フグって好きじゃないんだよ！」

広くはない店内に夫の声が響いた。それは通いなれた常連客のようなデカイ態度であるが、じつは夫がこの店に来たのはこの日が初めてである。私は、夫の横柄な態度に慌てた。その時、

「フグ嫌いなのはお父さんだけでしょう！」

私の隣に座っていた娘が吐き捨てるように言った。しかし、最近耳の遠くなった夫にはどうも届いていないらしい。

娘は不機嫌。親父さんは戸惑いの表情。この場をなんとか収めなければならない私は、

「あ、メニューにフグの白子とある。お誕生日だから、私白子注文してもいいわね？」

話題を替えた。お母さんが頼むなら私も僕もと、子供たち二人も声を上げた。親父さんもほっとした表情だ。じゃあ白子三人前、と注文した。

「本日の白子はこれでございます」

親父さんが店奥の冷蔵庫から巨大な白子を持ち出し、私たち母子の目の前に差し出した。

「わあっ。なんて美味《おい》しそう！　これを三人でいただけるなんて」

私の歓喜の声を聞き、さっきまでフグは嫌いだと言っていた夫がおもむろに口を

開いた。

「あ。俺も」

見たまま思ったままを口に出す。美味しい物を目の前にすると、ボクも欲しいと割り込んでくる。そんな夫の態度に、

「コドモかっ！」

私は思わず心の中で、叫んだのであった。

人は歳をとると子供に戻ると言われる。しかし、子供は成長すると次に思春期を迎え、大人となり、最後に老年を迎える。それならば、老人も次は大人に戻り、青春を取り戻し、最後に子供に戻ればいいではないか。それがなぜ、老人は〈大人〉も〈青春〉も一気にすっ飛ばして〈子供〉に戻るのであろう。しかも聞き分けのいい子供ではなく、我慢のきかない〈幼児〉なのである。

なぜ徐々にではなく、人は一気に人生を退行するのか？　そしてそれを防ぐことはできないのか？　それが、今回のテーマである。

つい先日のことである。同い年の友人ヨシ子が沈んだ顔をしていたので、どうしたのかと聞いてみた。すると、

「飲酒運転が見つかって、今免停中なの」

彼女は答えた。

「ああ、それでしばらく車が使えなくて、落ち込んでいるのね」

私は慰めの言葉のつもりで言ったのだが、

「違うのよ！　自分が恥ずかしくて情けなくてたまらないの。息子三人が思春期の時は『道徳ヨシ子』と呼ばれるぐらい、女石部金吉《いしべきんきち》でルールに厳しい母親だったのに……子供たちに合わせる顔がないのよ」

そう言ってヨシ子は両手で顔を覆った。

その時、私は思い出した。そうだ、私にも同じ経験がある、と。

反抗期の子供たちに立ち向かうには、母親は「道徳の固まり」にならなければならないのだ。未成年は酒もタバコもとんでもない。外泊は許しません。金髪・ピアスは絶対認めない。少しでも揺らぐと、そこからすべて崩れ落ちてしまう気がして、肩肘張って毎日を過ごしていたのだった。

「漫画ばっかり読んでないで勉強しなさい！」

そう言って息子から『週刊少年ジャンプ』を取り上げたこともある。あの時期確かに私は、自分が漫画家であることよりも母親であることの方を優先していた。

「こんなエロ漫画を、小学生の娘のいるウチに置くな」

夫の『島耕作』を自宅から撤去させたのも、私である。あの時期、私も確かに「道徳ふみ」であった。無垢《むく》な子供を守りたい、ただその一心であったのよと、当時の自分を弁護しておく。

子供が巣立ち五十歳を過ぎた現在の私は、道徳を振り回そうなどとは、もはや微《み》塵《じん》も考えていない。

「不倫の子を、シングルマザーとして出産したいのだが」と人から相談されれば、「大変だろうけど、自分で決断したのなら頑張ってね」そう答える。人生、道徳で支配できるほど単純ではないと気づいたからだ。『島耕作』だって、大人になった子供たちと今は一緒に楽しく読んでいる。

女性は人生の段階として、幼児期→思春（反抗）期→結婚・出産→道徳期→おばあさん（自分のことにしか関心がない）となるような気がする。

要するに、一人の人間がずっと同じ人格であり続けるなんて不可能だ、ということなのだ。人は年代とともに、考え方も価値観も変化する。成長もあれば後退もある。

しかし、六十～七十年かけて作り上げた人格が、ある時一気に幼児まで退化するのは、なぜだろう？

老人性認知症に関する本を何冊か読んでみたり、ネットで調べてみたりしたが、それに対する明確な答えを、私はまだ見つけることができないでいる。

そこで突然私は、「徐々に後退してゆく」運動を一人で実行することを思いついた。

「とりあえず、青春時代に戻ろう」

そう考えた私は、若い頃読んで感動した青春小説を再読することにしたのである。

しかし、読み始めてみるとまず、自分がいかに若者から遠ざかってしまったかを思い知らされた。

時代がかった青春小説を読んだせいもあるのだが、

「愛しています。運命の愛なのです」

「ぼく以上にあなたを成長させる男が現れたら、ぼくは潔く身を引こう」

このような青臭いセリフに、当時の私は百パーセント感情移入できていたのだなあ。今となってはそんな自分をまったく思い出せない。そこまで老け込んでいたのだと、愕然《がくぜん》とした。

最初は面食らったものの、けれど戦前の青春小説は日本語が美しくて心地よく、次第にハマってきた。明治～昭和初期あたりの日本文学には、うっとりするような愛の言葉がいっぱい詰まっている。

「青春時代に戻って、生真面目《きまじめ》な日本男児と真剣な恋愛をしてみたいものだ」

徐々にそんな気分になってきた。

その時、はっと気づいた。中高年の女性が、韓流《ハンりゅう》ドラマにハマるのって、こういうことなのだろう。

時代がかった美しい愛のドラマを通して、眠っていた青春時代の〈乙女心〉が目を覚ますのだ。

オバサマたちが韓流スターに熱中する現象。それはまさしく、私が提唱しようとしている「徐々に後退してゆく」運動の先取りであったのだ。それによって老年期から一気に幼児期に退行するのではなく、青春期の足踏み状態でいられるのだ。

定年退職して一気に老け込み、それから幼児のようなワガママ爺《じい》さんになってしまう男性に比べ、女性の方がはるかに若さを保っている。それもつまりは韓流のおかげかも。

韓流ドラマだけではない。フラダンス教室に通ったり、宝塚の追っかけをしたり、あるいは舟木一夫《ふなきかずお》ショーに足を運んだり。退行を青春期で足踏み状態にすることに、女性の方が長《た》けているのだ。

定年退職した男性の最悪のケースは、企業でそこそこの地位にあった人間だ。他人に上から指示する癖から抜け出せない。しかも会議で発言することが自分の優秀さの証明だと思い込んでいるので、この手の人間がマンション管理組合の理事になったら大変である。問題のないところに無理やり問題を提起し、騒動を大きくして、反対派をやり込めることに全精力をつぎ込む。彼らは自転車置き場で洗車を禁止するといった類《たぐい》の小さな規約を嬉々《きき》として作り上げる。いつまで経っても、仕事のデキる〈俺〉でいたいのだろう。おそらくこういうタイプが、一気に幼児化する。

それに比べたら、白髪頭でフォークギターをかき鳴らし、親父バンドを再結成している退職組の方がよっぽど健全ではないか。ラブ＆ピース！　フォーエヴァーヤング！

なので、配偶者が青春時代の思い出に浸っていたら、それを尊重してあげよう。一気に幼児に退行されるより、そこで下げ止まってくれるなら、結構なことではないか。

だから私は、夫が園《その》まり好きを公言するのを、大きな気持ちで見守っているのだ。

（初出　「本の窓」二〇一三年五月号）

四 アナログ脱却のタイミング

フェイスブックをのぞいていたら、

「これはスパムなので削除してください。　菅直人」

そんな一文が目に飛び込んできた。

なぜ菅直人《かんなおと》が私に？　彼とフェイスブック上で繋《つな》がった記憶はない。私の〈お友達〉のお友達繋がりだとしても、なぜ見知らぬ私にこんなに親切なの？　そうか、私が彼の選挙区の住人だから……。でも、どうしてそれが知られたのか？　個人情報が、いったいどこから漏れたのだろう。

私の頭の中を様々な憶測が駆け巡った。その間、数十秒。それからもう一度、よく目を凝らしてパソコンの画面を見つめ直した。すると、

「これはスパムなので削除してください。　管理人」

ただ単に私が〈管理人〉を、〈菅直人〉と読み違えていただけだった。

ここ数年、老眼プラス乱視が進んで、細かい字がまったく読めなくなっている。パソコンや携帯電話の画面上の画数の多い漢字が特にいけない。カンに頼って判読

するので、このような間違いに多々出会う。

元々機械に弱く、できることならSNSやデジタルは避けてすませたかった。なので、ブログにもミクシィにもツイッターにも手を染めずに生きてきた。

そんな私がフェイスブックを始めたきっかけは、女ばかりの食事会の席だった。五十代二名、四十代二名、決して若くないメンバーの中で、私を除いた全員がフェイスブックをやっていたのだ。

「サイモンさんも始めなさいよ」

最年長五十八歳のAさんが強く私に勧めた。若い人より、むしろ人付き合いの歴史が長い中高年向きだと彼女は言う。たたき込むように、

「そうよ。私なんか元憧れの上級生から〈友達申請〉されて、再会。デートしてチューまでやっちゃったのよ」

四十五歳人妻Bさんの衝撃の告白も続く。そうか、そんなに素敵な世界が広がるのかと、つい私もその気になってしまったのだ。

翌日私は〈友達申請〉の意味もわからないまま、娘にフェイスブックの登録をしてもらった。

「実際のお友達ではない人は、〈承認〉しないこと。そうすれば安全だから、お母

さんでも使えると思う」

娘もそう言って励ましてくれた。

しかし案の定、当初は、戸惑うことばかりだった。友人と同姓同名の他人からのリクエストに応えて〈友達〉承認をしたり、ただ単に名前を確認しようとしただけなのに、他人に〈友達リクエスト〉をクリック送信してしまったり。おかげでいつのまにか知らないお友達がどんどん増えてしまった。

「僕は、作家の方とはフェイスブック繋がりを持たないことにしていますので」

漫画編集者にそんな風に断られたりもした。知り合いだからといって、誰もが〈友達〉になってくれるわけでもないのだ。

そんなこんなの試行錯誤が、ほぼ一年。ようやくフェイスブックに慣れてきた。憧れの先輩との再会チューは、まだないが。というか、先輩に憧れたことなど私は人生で一度もなかった。

それでもこの一年、フェイスブック上で数多くの旧友と三十年、四十年ぶりの再会を果たした。おそらく一生コンタクトを取ることもなかったであろう、小学校時代の同級生たちが私を見つけ出して日本各地から連絡をくれたのだった。

私が駆け出しの漫画家だった二十代の頃に、よく一緒に遊んだ業界人とも繋がった。

「苦手意識で敬遠していたSNSだけど、思い切ってやってみて良かったわ」

私はしみじみ感じ入ったのである。

日々、新しい機械や新しい社会システムが生まれ出ている。それを、どこまで取り入れるべきであろうか。若い頃には出回っていなかった〈新製品〉を、中高年はどこまで使いこなさなければいけないのだろうか。

「俺は、五十過ぎたら新しいことを覚えるのは一切やめる」

こう宣言したのは、夫である。

言葉通り、彼はデスクトップパソコンもｉＰｏｄ《アイポッド》も３Ｄ《スリーディー》ブルーレイも持たない。用事はファックスで受け取り、音楽はＣＤで聴く。

しかしなぜか、携帯だけはスマホにチェンジした。

「音声入力で、行きたいお店の検索ができる」

どうやら、パソコンのキーボードでお店検索できない不便さをこれで補おうとしたらしい。しかし、

「港区　ワインバー」

スマホに向かって大声で喋りかける姿はお世辞にもカッコいいとは言えない。本人もそのことに気づいたようで、早々に音声検索はとりやめた。そのあげく、

「元の二つ折り携帯のままが良かった。バッテリーはすぐ切れるし、電話は聞こえにくいし、スマホにいいとこなんかない」

そんな風にぶつぶつ言い出す始末なのだ。

そんなある日、夫が私に言った。

「旅行に行くから、本屋に時刻表を買いに行かなくちゃな」

私が怪訝《けげん》そうな顔をしたので、

「あ、時刻表を売っているのは本屋じゃなく駅の売店だったっけな？」

慌てて訂正した。

「いや、そういう問題じゃなく。電車の時間は携帯の乗り換え案内で調べればすむことじゃない」

そう指摘すると、

「……」

夫は無言でその場を立ち去った。

出勤する夫の後ろ姿を見送りながら、私ははっと思い出した。〈五十過ぎたら新しいことを覚えるのは一切やめる〉という夫の言葉を。

彼は、ひょっとしたら携帯で乗り換え検索ができないのか……？

そうだ、行き先と日時さえ教えてくれれば私が検索してあげると、優しく言ってあげよう。

けれど、その日帰宅した彼はなぜか上機嫌だった。

「もう時刻表買わなくてすんだよ」

ひょっとして、乗り換え検索をマスターした？

「仕事場の机の中に、この前駅でもらった時刻表の紙が入っていたので、それで用が足りたんだ」

結局、紙の時刻表にたどり着くのだ。


デジカメで撮った写真を、今でも町の写真ショップでプリントアウトしてもらい
「カメラ屋さんで現像してもらった」

と言う夫。何をもう、どこから訂正していいのかもわからない。

そんな彼よりは、私の方がまだ随分マシだと思っていた。しかし……。

去年のある日、漫画の作画のため美容院内部の写真が急遽必要となった。夫の仕事場に電話して相談すると、

「近所に知り合いの美容院があるので、俺がそこに頼んで撮ってきてやるよ。写真は、ウチのスタッフにメールで送らせる」

彼の仕事場の若いアシスタントは写真のメール添付など、慣れたものなのだ。

しばらくして、私のパソコンに美容院の写真が送られてきた。しかし、私はどうしてもそれを開くことができない。スタッフは気を利かせて大量の写真ファイルを送るための無料サービスを利用したのだが、それがどうしても開かないのだ。

「駄目。どうしても開かない」

私は、送ってくれたスタッフに電話した。

「『美容院』というタイトルを見つけてクリックすれば簡単にダウンロードできますよ」

「どこにもそんなの、見当たらない。あるのは、『今すぐ会員登録！』『さらにお得な有料会員』みたいな大きな文字ばかり」

「それらは全部広告だから、無視してください。おかしいな。無料で大量の写真を送れるサービスのはずなのに……」

私は何度も画面を探した。しかし、赤や青を多色使いした大文字のどこにも『美容院』が見つからない。その時、

「あっ！」

ついに私は見つけた。画面の中央下あたりに小さく『美容院zip《ジップ》』とある。その字体の大きさは『有料会員』の四分の一である。しかしその下には確かに「ダウンロード」の指示が。

私はそれを、『z・ip』という名前の美容院の広告だと思い込み、軽くスルーしてしまっていたのだ。z・ipとは、データ圧縮やアーカイブのフォーマットのことだったのね。

ようやくコトを理解した私は、無事写真を手に入れることができたのだった。人に笑われるような初歩的ミスで何度も躓《つまず》く。それでも、新しい機器にとりあえずトライする。私のその基準は「世間でそれが七割を超えたら」である。

PHSから携帯電話に切り替えたのも、世間でそれが七割を超えてからだった。地デジ対応の薄型テレビに替えたのも、地デジ化完全移行の直前だった。

最近新聞記事で、スマホが出荷台数で携帯電話の六割を超えたと読んだ。ガラケーと呼ばれる二つ折り携帯をいまだに使っている私がスマホに切り替える日が、刻々と近づいている。

（初出　「本の窓」二〇一三年六月号）

五

体に優しい服を求めて

猫背でうつむいて歩くクセがあるので、私の視線はいつも、前方から来る人の腰からつま先に向いている。

その日も私は、大勢の人でごった返す吉祥寺《きちじょうじ》駅の通路を、前方斜め四十五度に視線を落として歩いていた。すると、黒タイツに包まれスッと伸びた足が目に入ってきた。足元は、黒のフラットシューズ。ありふれているようで、本当に上質でデザインのいい自分に合ったフラットシューズを見つけるのはじつは大変な作業なのだ。おそらく彼女は散々探し回った末に、ついにその一足を見つけたのだろう。そのぐらい見事にぴったりと足に添い、とても美しい靴だった。それだけでもう、その女性はかなりのお洒落《しゃれ》上級者だとわかった。

そして、濃紺のボックスミニスカート。膝上三十センチぐらいの大胆な丈だが、無駄なぜい肉のまったくないスレンダーな足なのでいやらしさは感じられない。

私はここで少し目線を上げた。トップスは、紺白ボーダーのカーディガンである。下手するとありきたりで平凡な組み合わせとなってしまうが、これまた完璧なバランスで、清潔感と上品さを感じさせつつ、無理なく体に馴染ませている。つまりつま先から首下までは、文句のつけようのないハイセンスな着こなしだったのだ。

「さぞかし美しい娘さんに違いない」

猫背の私は、ここでようやく背筋をしゃきっと伸ばし、視線を彼女の顔面に合わせた。

すると、私の目に飛び込んできたのは、中高年女性だったのである。髪はショートボブで、やはり相当な腕の美容師がカットしたと思われる。でも、顔中チリメンジワと呼ばれる細かなしわが縦横に走っていた。

目鼻立ちは整っているので、若い頃はかなりチャーミングな女性だったことであろう。しかし、五十代（いや六十代前半かもしれない）で、膝上三十センチの若々しいミニスカートにフラットシューズなのだ。私は戸惑った。この強烈な違和感は何なのだろう。

私はここ最近、

「あと四年で還暦」

を口癖にしている。

ショップに入り、気に入った洋服を見つけても、

「あと四年で、還暦。四年後の私がはたしてその服を着られるの？」

そう自分に問いかけるのだ。ショップ店員は売るためなら何でも言う。――お似合いです。ちっとも派手なんかじゃありません。小さめなくらいが、見た目カッコいいですよ――。

そんな言葉に乗せられて、どれだけの失敗を繰り返してきたことか。

〈好きな服と似合う服は違う〉

こんな簡単なことに気づくまで私は何十年もかかった。

そして近年はさらに、

〈似合っても、痒《かゆ》い服は駄目〉

という風に変化している。

歳をとると、体中が痒くなる。皮膚が乾燥してムズムズする。それを掻きむしってしまうと、さらにミミズバレに腫れあがるのだ。

乾燥した肌に、チクチクした布地の刺激が加わってもムズ痒さが生じる。私がストッキングを穿《は》けなくなったのは、三十代後半からだ。ナイロンのチクチクが、もう駄目なのである。ストッキングの上から掻きむしって足中腫れあがらせたこともある。やがてストッキングのみならず、合繊厚手タイツすらチクチク感じるようになった。加齢のために、化繊とウールが直接肌に触れると痒くてたまらない体になっていたのだ。

なので四十代以降私の冬の装いは、木綿のズボンにむくみ防止ハイソックスとなった。

むくんだ足首にソックスのゴムが食い込むと、それだけで痒い。なぜ歳をとると、こうもあちこちすぐ痒くなるのだろう。しかし、この悩みは私一人だけのものではないみたいだ。デパートやスーパーの婦人ソックス売り場には、〈ずり落ちにくいくちゴムなし〉と表示された天然素材の靴下がたくさん置いてあるではないか。くちゴムは皮膚に痒いだけでなく、食い込むと痛いのである。この表示に思わず私は、「わかってらっしゃる！」と心の中で叫んだ。

〈自分に似合って、痒くなく、痛くもない服〉

それが、昨今の私の服選びの基準となった。

ファッション雑誌も熱心には読まなくなった。年の功で、自分には絶対似合わない服を即座にふるい落とすことができるようになったからだ。そのため、「似合わない、似合わない、似合わない」と、猛スピードでページをめくり、あっという間に一冊読み終えてしまう。

それはショッピングでも同じことで、似合わない服の前は足早に通り過ぎてゆく。

さらに、体形には〈似合って〉いるが、歳には〈似合っていない〉ケースがある。おそらく、冒頭のチリメンジワお洒落女性なのだ。細身体形に、ミニスカートはとても良く似合っていた。しかし、チリメンジワ世代では、どうしても無理が感じられてしまう。本人がどんなにお洒落だと思っていても、見る人が違和感を感じてしまってはNGなのではないか。

だがそうなると、着る服がどんどんなくなってしまうのである。

スティーブ・ジョブズ氏は、黒のタートルネックセーターとジーンズを自分のスタイルとして通した。マーク・ザッカーバーグ氏も同じ色のTシャツを何枚も持ち、それをずっと繰り返し着続けているらしい。彼らは、毎日のコーディネートに脳を使うのは時間の無駄と考えて、その方法をとったという。

私は、〈痒くも痛くもない服は、この季節これしかない〉という理由で、数パターンの服をずっと着回している。脳はもっとお洒落を楽しみたいのだが、体がそれを許してくれない。

つい先月のことである。女友達とドライブする約束をした。彼女は、数年前に私が運転免許をとって以来ずっと路上教官を務めてくれている。いまだに運転が下手くそな私の助手席に座って、アドバイスしてくれるのだ。

その日の午前中、私の愛車で出発するため、いつもどおり彼女は私の家にやってきた。すると出社前で家にまだいた夫が叫んだ。

「きみたちは、なんで同じ服を着ているんだ⁉」

私たちは顔を見合わせた。申し合わせたわけでは、もちろんない。なのに、迷彩柄のチュニックにグレイのカーディガン、黒レギンス（私はもちろん綿百パーセント）に、黒のシューズが、偶然にも一致していた。迷彩柄も、彼女はグレイ基調で私はグリーンと、微妙に違うのだが、しかし還暦越えの男には、まったく同じ服に見えたのだろう。

しかも、彼女と私は顔立ちも体形もまったく違う。歳だって五歳差だ。それなのに、〈似合う〉と思って選んだコーディネートが一致するとは、どういうことなの？　似合っていると自分で思い込んでいるだけで、じつは似合っていないのか……？

お洒落に関して、ますます袋小路に入ってしまった私なのである。

その日のドライブは、まずまずの出来であった。しかし、最後狭い道での対向車とのすれ違いに私がまごまごしていると、

「ババア、下手くそ！」

後ろにいた若いバイクの男が、追い越しざまにそんな捨て台詞《ぜりふ》を残していったの

である。

ババアであることも、運転が下手くそであることも事実であるので腹も立たなかったのだが、迷彩チュニックを着てもババアと認識されたことが、私にはショックであった。

(初出 「本の窓」二〇一三年七月号)

六　気持ちだけ少年・少女

指先を使う職業なので、基本、爪には何も塗らない。しかし、夏が近づくと毎年、何となく爪を塗りたくなってしまう。そこで、久しぶりにド派手な金色のマニキュアを両手の指にしてみたが、やはり違和感がぬぐえず、三日後に除光液ですべて落としてしまった。

それから数日後のことだった。爪の表面に白い筋が何本もできていることに気づいたのだ。久しぶりのマニキュアがいけなかったのか。あるいは除光液の刺激が良くなかったのかもしれない。それかひょっとして、何か悪い病気なのかも……。心配になった私は、ネットで調べることにした。

「爪　縦線　原因」

三つの単語を入れて検索をかけると、すぐさま明解な答えが現れた。

「老化によるもの」

先日、皮膚科でも同じようなことがあった。

長年、鼻の付け根にあったホクロの色が薄くなって隆起し、肌色のイボに変化したのだ。

それが気味悪く思え、皮膚科を受診したのである。

「念のため、悪性なものかどうか検査しますね」

医師から告げられ、私はびくっとした。悪性って、もしや皮膚ガン？　どきどきしながら診察台の上に横になった。一瞬ちくっと感じたが大した痛みではなかった。針のようなもので採取された細胞はすぐに検査に回され、結果が出た。

「あ、やっぱり良性ですね。ただの、老人性イボです」

医者のこの言葉に、私は憮然《ぶぜん》とした。

「ロージンセイ、ですか……」

「歳とるとねぇ、ホクロの色が抜けてイボになるって、よくあることですよ。良性ですから放っておいても大丈夫ですけど」

しかし、放置すると大きくなる可能性もあると言われた。鼻の付け根のイボがどんどん巨大になれば、魔法使いのお婆《ばあ》さんみたいになってしまう。そうか、アニメに登場する魔法使いのお婆さんの顔にはよく巨大イボが描かれているが、あれはホクロが老化したものなのか。

「先生、イボよりむしろ私は、首回りのシミの方が気になるのですが」

皮膚科を訪ねたついでに、私は聞いてみた。すると、

「それも、典型的な老人性色素斑、つまり老人性シミですね。レーザーで簡単に消せますよ」

またしても、さらりと「老人性」と断定されてしまったのだ。

こう立て続けに「老化」「老人性」を連呼されると、もうそう認めるしかない。簡単な手術でイボもシミも取れるそうなのだが、取っても取っても次々できてくる可能性が高いと説明された。だったらキリがないからいいですと言って、私は病院を後にした。

皮膚の変化だけでは、ない。肉体の老化は私の体のあちこちに出ている。細かな字を読む時だけにかけていた老眼鏡が、片時もはずせなくなった。遠視だけではなく乱視も進んだため、裸眼だと近くも遠くもすべてがピンボケにしか見えないのだ。

加えて、どうも耳も聞こえづらくなっているようだ。最近私が出会うのは、声の小さな人ばかりだなぁと思っていたが、私の耳が遠くなっているだけなのだ、多分。

こういう現象に出会うと、

「ついに、来たか」

と思うことにしている。ついに来たのですよ。来る《きた》べきものが来たのだから、誰

を恨んでもいけないし、不運と嘆くのもお門違い。だから諦めなさいワタシ、……と。

　もう老いに向かって下ってゆくのみの日々だわ、としょんぼりしていたある日のこと、ふとテレビをつけると、漫画家の大先輩、やなせたかし先生のインタビューが放映されていた。

　やなせ先生が五十歳で「アンパンマン」を描き始めた、そのきっかけについて語られていた。

「それまでのヒーローってのは、街なかで怪獣と戦って、でもグチャグチャに壊した街を放置したまま、焼けた家もそのままで、責任も取らずに立ち去るでしょう。僕は、それは本当の正義だとは思わなかったの」

　先生は、本当の正義って一体何なのだろうと考えた。〈悪人〉を倒すのは、絶対的な正義ではない。なぜなら、〈悪人〉と思っているのは対立している側の一方的思い込みに過ぎないケースもあるからだ。やなせ先生は、終戦直後ご自身がひもじかったことを思い出し、

「餓《う》えた子供に食べ物を与えること。これこそが、絶対正義だ」

　そう気づいたと言う。そこから、自分の頭を食べさせるヒーロー、アンパンマンが誕生したのだとか。

この話に、私は感動した。まず、「絶対的正義とは何だろう」と真剣に考える五十歳の人間がいたということに。大体の大人は、ただ生活に追われ、惰性で日々を送っている。しかし彼は、十歳の少年が考えるような問題に本気で取り組んだのだ。そして、四十年間「アンパンマン」を描き続けたやなせ先生は、この時九十四歳の現役漫画家だった。

「九十歳くらいの時、もう引退しようかと思ったんだけどね、……」

そんな先生を再び創作に向かわせたのは、東日本大震災である。被災して食糧も充分に届かない避難所にいた幼い子が、

「アンパンマンがきっと助けに来てくれる」

そう喋っているのをニュースで見たから。

インタビューに答える先生の言葉は明晰《めいせき》で、ユーモアを交えながら、とても温かい。そして何より、「老い」をまったく感じさせない精神の若々しさが伝わってきた。

人は、こういう生き様を目指すべきではないか。

肉体は、緩やかに下ってゆく。最新のアンチエイジングのサプリメントや美容技術を駆使しても、それでも完全に食い止めることは不可能である。しかし、精神を老けさせず、若々しいまま保つことは可能なのだ。無理に、今の若者の流行に合わせるのではない。先入観や世俗にまみれない、少年少女の脳で考える習慣を持ち続

ければそれは可能なのだと、私は、学んだのである。

先月のこと。近所に住む同世代の友人と、銀座に映画を見に行った。映画のあと、食事も一緒にする予定にしていたのだが、予約まで時間があった。そこで二人で銀ブラすることにした。

「サイモンさん、私靴買いたいの。一緒についてきてくれる?」

彼女は足のサイズが二十五・五センチと、女性にしては大きい。

「服は、吉祥寺にあるユニクロとGAP《ギャップ》とZARA《ザラ》で、充分なんだけどね。銀座には大きなサイズの靴屋さんがあるの」

そう言う彼女はその日、ユニクロの黒Tシャツに、GAPのデニムのロングスカートだった。けれど、首にまいたチョーカーと重ねづけのブレスレットのセンスがとてもいいので、お洒落な大人の女性に見える。

「私も、今日は、ユニクロ」

私もその日、吉祥寺のデパートで買ったチュニック丈のワンピースに、ユニクロのベージュのレギンスを穿いていた。

しかし、彼女のお目当ての靴屋は移転したのか、どうしても見つからない。

「海外ブランドの靴屋なら、大きなサイズもあるかもよ」

私は、提案した。前々から興味はあったのだが、一人ではとても入る勇気がなかった。けれど、二人なら何とかなるかも。

そこで私たちは、並木通り近くにある高級輸入靴ブランド店のドアを開けた。店内には、芸術品と呼んでもいい美しい曲線フォルムを呈したハイヒールが、ずらり並んでいた。

「こんなに繊細でかつ完璧なハイヒールって、見たことないわ！」

「私もよ。しかも、ヒールはみな十センチ以上の高さ……」

私たちは小声で囁《ささや》き合った。

「でも、つま先部分も高い位置にあるウェッジソールのサンダルなら、履けるかも」

友人は、彼女のサイズがあるかを店員に尋ねた。しかし生憎《あいにく》、その店は切らしていた。展示されていた商品は私にはちょうどぴったりのサイズだったので、試しに履いてみた。すると、あらまあ、なんて素敵なの。

「サイモンさん、似合うわ。絶対それを買うべきよ」

友人は声を上げた。シワっぽくてしぼんだ、私の生足である。しかし、金色の生地の底にパイソン柄の紐《ひも》のそのサンダルが、意外にも似合っていた。若い娘なら嫌味になるところが、枯れた足だと、逆に粋でお洒落に見えるのが面白い。

「サイモンさん、それ履くと、服もユニクロに見えない。ユニクロと思えない！

服はユニクロでも、靴はやっぱりハイブランドね！」

「ホントに？　ユニクロに見えない⁉」

ハイブランドの店内に「ユニクロ」の連呼が響く。私たちは少女の無邪気さではしゃいでいたのだが、しかし店員は、無神経なオバサン二人連れと思っていたかもしれない。でも、世間にどう映っても、少女の気持ちで生きていこうっと。


（初出　「本の窓」二〇一三年九・十月合併号）

七 頭ではなく体に聞け！

右手親指が突然痺《しび》れた。

長時間正座のためまったく感覚がなくなった足先に、少し血流が戻りじんじんと痺れている状態を思い描いてほしい。それと同じ症状が、私の親指第一関節から先を襲った。しかも、右手だけ。

ゆっくりと物をつかむことはできるが、突然何かがぶつかると、

「ぎゃっ」

と叫ぶほどの痛みが走る。

二〜三日すれば消えるかと思ったが、ちっとも良くならない。一週間経っても、ずっとじんじんしたままだった。

インターネットで原因を調べてみると、頸椎症《けいついしょう》でそのような症状が出るとあった。

そこで私は、近所の整形外科を受診することにした。

「とりあえず、首のレントゲン写真を撮りましょう」

症状を聞いて医師が言った。

しかし、レントゲン検査では首の骨に異常は見つからなかった。医師に言われるままに、私は右手を高く上げたり、手のひらでグーパー握ったり閉じたりをした。

「それが普通にできるってことは、神経痛でもないですね」

「先生、では、原因は何ですか？」

「わからない」

「えっ？」

「指の痺れって、原因がわからないことが多いんですよ。しばらく様子見てください」

　医者にはわからなくても、私には思い当たる節があった。症状が出る直前の一週間、指先に力をこめて漫画を描き続けたのである。しかも、仕事机の真上に設置された天井はめ込み式のエアコンから吹き出す冷風が、右肩を直撃し続けていた。一日平均七時間、トイレと昼食に立つ以外はその状態で作業を続け、夕方になると体はかちこちに固まっていたのだった。その冷えのせいかもしれない。

　西洋医学ではラチがあかなかったので、整体と鍼灸《しんきゅう》治療院に行ってみた。東洋医学の見立ては、

「長年右肩から腕にかけての筋肉を酷使した結果による痺れ」

だった。

つまり、三十年間漫画を描き続けたため、筋肉に疲労が蓄積して血流と気の流れを悪くし、その結果指先の神経麻痺《まひ》を引き起こしたというのだ。

その説明に私は納得した。けれど首をポキポキならされても、鍼《はり》をブスブス突き刺されても、指の痺れはやはり取れず、やがてひと月が経とうとしていた。

その間、ずっと親指の違和感に悩まされていたのである。そして痺れる以前には気にしてもいなかった、親指の重要な役割に気づかされた。お札《さつ》が勘定できないのが一番困った。千円なのか二千円なのかわからないのだ。お札って実は親指で数えていたのだ。化粧の時はビューラーに力が入らず、睫毛《まつげ》が持ち上がらない。あの美容器具も、親指がポイントなのだ。包丁やモップを握っても不快な感覚がつきまとうので、家事をする気も失《う》せてしまった。幸いだったのは私が盲牌《もうぱい》するプロ雀士《ジャンし》でなかったということだ。

人間は肉体に支配されているのだなあ、と改めて思いしらされた。

何もする気が起きず、一日中私は指の痺れについて考えていたのだった。……少し痺れが弱まった気もしたが、やはりまた強くなっている、……はたして治るのか？　……私は一生この痺れとともに生きるのか？　……などなど。

自分の体の不調に支配された人間は、それ以外考えられなくなる。興味は、ただそれのみ。高齢者の一番の関心ごとが「健康」である理由が、やっとわかった。

想像以上に、体の好不調に日常を左右されるのが、中高年である。私は五十歳を過ぎてから、ますますその思いを強めている。

仕事をやる気満々で、頭では今日一日のスケジュールをきっちりと組み立てているのだが、体が拒否してどうしても机に向かえない時がある。ひどい日は、ベッドから起き上がれない。腰や肩の筋肉が、これ以上こき使われるとたまらんから休んでくれよと、やる気を抑え込むのだ。つまり、年相応に、五十年間こき使った体はガタがきているということなのだ。それを気力で乗り切ろうったってダメですよと、体がサインを出しているのだろう。

なので、そういう時はそれに従うべきなのである。ところが、漫画を描き始めると楽しくて、脳内麻薬が体の痛みを打ち消してしまう。その結果、親指が痺れたのだろう。

幸いなことに、一か月半を過ぎた頃から、みるみる症状が改善されていった。鍼が効いたのか、自然治癒の時期だったのかはわからない。今は、右手親指は完全回復している。けれど今後は再発しないように、「疲れたら、すぐ休む」を自分に課すことにした。

ところで最近の夫の口癖は、

「俺は、あと十五年で死ぬ」

である。夫は六十五歳なので、日本人男性の平均寿命から逆算すると、余命十五年となるらしい。

自宅に設置した太陽光発電の営業マンがやってきて、今契約している五年保証よりも、十五年保証の方がお得ですよと、説明した。すると、それを聞いた夫が大きな声を出した。

「十五年⁉　俺は死んでるじゃないか！」

いや、あなたは百歳まで生きますから。あと三十五年ありますから、きっとピンピンしていますよ。

庭に植えた桜の木を眺めては、

「あと十五年もすれば、どれだけの大木になるのか。しかし、俺はもう死んでる」

「一年に一着スーツを仕立てるとして、人生であと十五着しか作れないのか」

「娘は年三回しか家に戻らない。となると、死ぬまでに四十五回しか娘に会えないじゃないか」

など、いちいちうるさいったらない。

どうもそれらは、死期の近い俺をいたわってくれよという、私に対するアピールのようにも思える。俺の介護は頼んだぞ、――と。しかし、彼の頭の中に介護される自分のイメージはあっても、妻を介護する夫という逆パターンはどうもなさそうなのである。世の中の亭主のほとんどがそうであるように。

そんな風に思える事件が、最近起こった。

この夏の私の不調は親指だけでなく、疲労の蓄積からか、十数年ぶりに過呼吸の発作を起こしてしまったのだ。

その日は暑く、夜になっても部屋の冷房をがんがんかけていた。夫と私はキッチンで晩酌のワインを飲んでいた。元々私はアルコールに弱い体質である。けれど熱帯夜にうんと冷やした白ワインがあまりに美味しくて、つい何杯もお代わりをしてしまった。やがて酔いがまわり、頭がくらくらしてきた。

いけない、飲みすぎてしまった。体内のアルコールを薄めなくてはいけないと思った私は、冷蔵庫のドアを開け、ぎんぎんに冷やしてあったペットボトルのウーロン茶を取り出して一気飲みした。これが、いけなかった。体温が一気に低下し、とたんに手足が冷たく痺れだしたのだ。心臓の鼓動も速まり、のどが締め付けられるようで息も苦しい。さらに、まぶたが下がってきてその場で気を失いそうになった。やばい、今ここで気絶したら、床のタイルに頭を打ちつけ、そして打ち所が悪いと

死ぬかも……そう思い始めた私は
「ぎゃあああっ」

叫んだ（酔っ払いでもあるからだ）。

「手足が痺れるっ、気絶するぅっ……！」

「だ、大丈夫かっ」

ただならぬ事態であることは、夫も了解したみたいだった。

「痺れを取るために手足と背中をマッサージして！」

「よしっ、わかった」

そう言って彼は、しばらくの間私の手足、背中をさすってくれた。しかし、なんか変だ。いまひとつ熱意が感じられないのだ。見ると、その姿勢、腰が引けているではないか。手の動きも、どこかぎこちない。妻が断末魔のような物凄《ものすご》い形相で喘《あえ》いでいるのに。……あ、だからか。

「今現在、この男は妻を心配する気持ちより、妻を怖がる気持ちの方が、きっと強いに違いない」

すでに落ち着きを取り戻しつつあった私は気づき、それから夫に言った。

「ああ、もう大丈夫。これ、多分過呼吸だわ」

そう言って私は彼から離れ、紙袋を口に当て深呼吸した。すると、どんどん楽になっていった。それを見て、夫もほっとした表情を浮かべた。

おそらく彼は、本気で妻を心配してくれていたのだろう。しかし、普段頑丈な妻が、まさか自分より先に倒れるなどと夢にも思っていなかったに違いない。「気持ち」はあっても、「体」が動かなかったのねと、善意に解釈してあげよう。

私も夫をアテにすることなく、自分の健康は自分で管理せねば。


歳をとると、頭で立てた計画の半分も実行できれば上等なのだ。どうやら脳は、衰える肉体のスピードを認識できてないみたいだ。三十代の肉体がこなした仕事量を五十代にも当てはめようとするのは、きっとそのせいだ。

「頭を信用するな、体に聞け」

薄々気づいてはいたが、今月はまさに身をもって知ったのである。


（初出　「本の窓」二〇一三年十一月号）

八　若いつもりは、脳の見栄

担当女性編集者が、松葉杖《まつばづえ》をついて現れた。

どうしたの？　と聞くと、

「転んで右足を骨折しました」

と言うではないか。

この夏買ったばかりのプラダのサンダルを、彼女はその日初めて履いたのだった。それは厚底ウェッジソールで、足首が細い紐で固定されるタイプだったとか。通勤の通いなれた平坦《へいたん》な道で、なぜか彼女は思いっきり転倒。その結果、全治三か月の足首骨折となったらしい。

「ウェッジソールは危ないですよ。若い女の子でも、足首をグキグキさせているのをよく見かけるもの」

私は彼女に助言した。

「はい。これに懲りたので、もう一生ウェッジソールは履きません」

四十八歳の彼女は、神妙な顔で答えた。

「けれど、転倒の瞬間の記憶がないんですよ。何かに躓いたわけでもないのに、なぜ転んだのかわからない。自分で体をコントロールできてない状態だったことが、不可思議なんです」

彼女は訴えるが、じつは歳とともに、そういうことが増えるのである。自分の理性とは無関係に体が暴走することが。

前章の、右手親指の麻痺と自宅での過呼吸発作に続き、この章ではさらなる「体の暴走」についてである。

今年の夏は暑かった。九月になっても一向に気温が下がらず、蒸し暑い日が続いていた。

月の前半に仕事の締切が重なる私は、毎月十日過ぎに自分へのご褒美として友人との会食の予定を入れることにしている。

その日も、待ちに待った締切明けの会食日だった。私は女友達二名と、銀座のイタリアンで食事をしていた。私はお酒が強くないので、乾杯のシャンパンのあとはグラスの白ワインをちびちび飲んでいた。

会話は盛り上がり、食も進んだ。しかし友人たちは次の日も出勤だったので、午後九時にデザートで締めることにした。私は、レモンシャーベットを頼んだ。デザートメニューの中でそれが一番軽そうに思えたからだ。しかしいざ運ばれてくると、一個が直径四センチはある巨大な球で、それが三段重ねられたものだった。それでも食い意地の張っている私はひるまず、完食にかかった。するとふと、白ワインがまだグラスに三分の一残っていることにも気づき、それもまた勿体《もったい》ないと、一気に飲み干した。そして再びシャーベットに戻り、それもまた平らげたのである。

その直後から、体に異変が現れた。まず動悸《どうき》が起こり、次に息が苦しくなった。一気飲みしたワインのせいだろうと私は思った。酔いが急に回ったに違いない。そこで、すでに帰り支度にかかっていた友人たちに言った。

「ごめん。もう少し休憩してからでもいい？」

すると、友人Aが驚きの声を上げた。

「サイモンさん、顔が真っ白よ！」

その時点で、すでに手足が痺れだしていた。

「酔ったみたい。トイレで吐いてくる」

今までもそうだったから、吐けば楽になる。そう思い、私はよろよろと立ち上がりトイレに向かった。

しかし、胃の中のものをすべて出しても気分は良くならず、逆にトイレでしゃがんだまま起き上がれなくなってしまった。立つとめまいがしてその場にぶっ倒れそうになる。ここで倒れてはお店の迷惑になると思い、トイレに籠ること一時間。すると少し楽になったので、再びよたよたと、壁に手を沿わせて席に戻った。

「サイモンさん、今度は顔が土色よ！　タクシー呼んで早く帰った方がいいわよ」

私を一目見るなり、友人Bが慌ててお店の人にタクシーを頼んだ。

しかし、夜の銀座はタクシーの進入が規制されており、店の前に車をつけることができない。タクシー乗り場までは、ワンブロック歩かなければいけないと聞かされ、

「無理！」

私は叫んだ。そうこうしている間に、症状がますますひどくなっていった。手足の痺れが強くなり、めまいのせいで頭を持ち上げることもできず、足がもつれて一歩も歩けない。加えて、今まで経験したことのない気持ち悪さが私を襲っていた。頭部から落ちてきた血の塊が体の奥にたまり、それを吐き出したいような気分、と言えばよいか。

うずくまったままの私を見かねて、友人Aが言った。

「急性アルコール中毒かもしれないし、救急車を呼びましょう。ついでにヒロカネさんも呼ぼう！」

「どっちも、呼ばなくていい！」

私は焦った。なるべく大げさにしたくなかったからだ。しかし、Aは素早く両方

を手配してしまった。

「サイモンさん、救急車はすぐ来ます。ヒロカネさんも、たまたま青山にいるのでこれからこっちに向かうそうです」

すでに時間は夜の十一時を回っていた。AもBも明日は仕事だ。これ以上彼女たちを引き留めてはいけない。やがて救急車が到着した。と同時に、青山で飲んでいたという夫も合流。ほろ酔い気分の彼も、救急車に同乗した。

搬送先は、汐留《しおどめ》の救急病院に決まった。しかし、救急車が動きだすと私の気持ち悪さが加速した。

「苦しいっ！　ぎゃあああっ‼」

叫ぶと苦しさが和らぐことを、私は二回の出産で学んでいた。なので、周囲の迷惑顧みず、なりふり構わず、車内で大声を上げ身をよじらせて暴れた。

「大丈夫か？」

夫が私の手を握った。私も強く握り返した。これも愛の強さではなく、何かを強く握りしめると痛みに耐えられるということを、これまた私はお産で学んでいたからだ。

病院に着くと、問診のあと、カーテンで仕切られた診察室のベッドに寝かされ、点滴を受けた。気持ち悪さと痺れは続いていたが、少しずつ症状は落ち着いてきた。

深呼吸すれば痺れは和らぎますよと看護師さんから言われ、そうすると本当にその通りになった。

　スー、ハー、スー、ハー。

　その時、何かを思い出した。ああ、これもまたお産の呼吸法に近いではないか。

　心配した夫がベッドのそばまでやってきて、私の手を握った。

「具合は、どう？」

　これも、お産の時と同じ光景、……ではない。長女出産の時、夫は病院の駐車場で車を磨いていた。長男は緊急帝王切開だったため、立ち会っていなかった。なので妻を看病するのは、夫にとって人生初の体験のはずだ。

「深呼吸したら、大分楽になった」

「そうか、君は元々酒が強くないのだから、外ではもう飲まない方がいいな」

　夫婦のたわいない会話。しかしその時、カーテン一枚で仕切られた隣のブースから、

「出血が止まらないが、……今緊急手術すると大出血のおそれがある、……クリップで止めて、……胃からの出血……」

　そんな緊迫感のある会話が漏れ聞こえてきたのである。漫画家夫婦としては、そちらの方に耳が釘《くぎ》づけになった。

　隣からの、切迫した医師と患者の会話に耳をそばだてている間、夫はずっと私の

右手を握ってくれていた。が、ふっと彼の手の力が抜けた。見ると、案の定椅子に座ったまま寝息を立てている。時刻は夜中の一時半。しこたま飲んだ酒が気持ちよい眠りを誘ったに違いない。

二時間ほど点滴を受けたら起き上がれるようになったので、タクシーで帰宅することにした。睡眠不足に加え、疲れがたまっていたところにアルコールが引き金となり、交感神経が乱れて血圧が急激に低下した。その結果、体に種々の不調が現れたというのが医師の診断だった。

交感神経と副交感神経のバランスが崩れる、いわゆる自律神経失調症だったのだ。そうか、冷たいシャーベットで体温の下がった体に、体温を上げるアルコールを一気に流し込んだのが、いけなかったのだ。交感神経（攻撃）、副交感神経（沈静）、どちらが働くべきか神経さんたちにもわからなくなってしまったのね。

家でゆっくり休んだら治ると言われ、翌日さらに次の日と、仕事を休んで自宅ベッドで寝ていたのだが、起き上がるとめまいがして、また横になる状態が続いた。疲れが抜けない体になってしまったのだ。四十代なら、一日横になっていれば、大抵の疲れは取れていた。それに、今回の件は過労が原因と言われたのだが、昔はもっと仕事をしていて、それでも救急車で運ばれることなどなかった。

明らかに体力が落ち、ホルモンバランスが乱れている。それなのに若い頃と同じ量の仕事ができると思い込んで、無理やり根を詰めて仕事をしていた。それを反省しなくてはいけない。

冒頭に、「体の暴走」する事態と書いたが、「体」が勝手に暴走したのではなく、不調を訴えた体の方がじつは正直で、それを認めようとしない「脳」の方が見栄っ張りだったのだ。

「まだまだ若い頃と同じよ」

そんな風に思い込んで、肉体に無理を強いていたのである。

自分に見栄を張るのはよそうよ。

これからは、自分にそう強く言い聞かせて生きていかねば。

（初出　「本の窓」二〇一三年十二月号）

九 分別すらも忘却して？

いまだ、立ちくらみとめまいが治まらない。

仲のいい女医さんに相談したところ、一度きちんと脳を検査した方がいいと言われ、さっそく脳ドック専門医に予約を入れた。

診察当日。簡単な問診のあと、まずふらつき度を調べる検査に入った。Ｗｉｉ《ウィー》Ｆｉｔ《フィット》のような板の上に両足を乗せ、目をつぶって六十秒間立つ。それでどのぐらい重心がぶれるかを、測定する機械らしい。私が検査のためそこに立ち目をつぶると、五秒ぐらいで体がぐらぐらと揺れ始めた。

「確かに、かなり〈ふらつき〉はありますね」

医師がデータを見ながら言った。

次は、脳のＭＲＩ（磁気共鳴画像）検査である。ガーンガーンと大きな音を立てながら、最新医療機器が私の脳をスキャンしてゆく。そうやって何十枚もの断面画像を撮影して、異常がないか調べるのだ。

検査に四十分ぐらいかかり、それからさらに待合室で二十分ほど待たされた。そ

の後ようやく診察室に呼ばれ、

「どこも、異常ありませんね」

PCディスプレイに映し出された私の脳の画像を指しながら医師が言った。

「血管の詰まりも、梗塞も、何もありません。キレイですね」

本当に、キレイだった。私の脳の断面は磨かれた石のようにスベスベで、異常を示す白い点のようなものは一切見られなかったのだ。

「頭蓋骨と脳の隙間も、一ミリ程度で、つまり脳の萎縮もまったくありません」

医師のこの言葉に、私は少し驚いた。昨今の物忘れの激しさに、それは脳の萎縮が始まっているせいに違いないと、思い込んでいたからだ。

結局、内耳性のふらつきはあるものの、脳の器質にはまったく問題がないという診断結果になった。

見た目には、何の問題もない私の脳。しかし、その衰えを私は日々実感している。

最近、特に気になるのが、就寝時だ。

強い刺激を受けると、脳が興奮してなかなか寝付けなくなっている。昔は楽しく目いっぱい夜遊びしても、ベッドに入ればバタンキューであった。しかし、最近遅くまで人と会食をした日は、うたげの興奮を引きずって、しばらくは眠りにつけないのだ。

夜九時以降まで漫画や文章を書く作業をすると、体はへとへとなのに、やはり脳が冴《さ》えわたって眠ることができない。

最悪なのは、PCやタブレット端末を見続けた場合である。

ある夜、ベッドに入ってから急に「海彦・山彦」について知りたくなった。日本の古代神話の登場人物ではあるが、はて何をどうしてどうなったのやらと考え始め、パジャマ姿でベッドに横たわったままiPad《アイパッド》で検索を始めた。調べ始めると面白くてやめられなくなり、海彦たちだけではなくヤマトタケル伝説～ヤマタノオロチ画像のリンクまで検索しまくった。おかげで、頭がすっかり覚醒し、ようやくそれに気づいた私はこれではいけないとiPadの電源を落として、目をつぶった。しかし、時すでに遅し。長時間画面を見続けたせいで、頭の中が熱を帯びた興奮状態になってしまっていたのだ。結局その夜は一睡もできずに朝を迎えた。

以来、私が心がけているのは、

①夜遊びは、週一回まで。それも、翌日に仕事がない日（以前は、週三ぐらい夜間外出することがあった）。

②夜九時以降は、一切の仕事をやめる。

③ベッドにiPadを持ち込まない。

そのようにして、就寝前にはなるべく脳に刺激を与えないようにしている。

「歳をとったので、もうそろそろ静かに暮らしたい」

年配者がよく口にする言葉であるが、若い頃の私にはその意味がよく理解できなかった。歳をとったって楽しく賑やかに暮らしてもいいのではないか。そんな風に思っていたのだ。

けれど、自分がなってみて、ようやく実感できた。歳をとると夕方以降はなるべく静かに過ごさないと、脳が興奮して夜寝付けなくなるのだ。だから年寄りは、「もうそろそろ静かに」暮らさなくてはいけないのである。

要するに、加齢とともに脳の切り替えが鈍くなったのだろう。MRI画像ではわからないが、細胞内部では確実に、そのような老化現象が起きているに違いない。

私が脳の衰えを顕著に感じたのは、四十九歳の時だった。運転免許を取るために教習所に通い始めたのである。実技のハンドルさばきは案外早く習得できたのだが、学科の方に手こずった。

教本はぶ厚くかなりのページ数だが、覚えなくてはいけない要点は絞られている。学生時代、記憶力だけには自信があったので、暗記なんて二十五年ぶりだけどまあ楽勝だろうと私は呑気《のんき》に構えていた。ところが、「バイクの荷台に積める荷物の高さ」などという、どうでもいい知識（バイクには乗らないと決めていたので）を丸暗記しなくてはいけない苦痛に、私の脳は悲鳴を上げた。

学科一発合格の目標を立てていた私は、あらゆる記憶テクニックを駆使して一晩で教本丸ごと暗記に挑んだ。すると、熱が出てきた。頭がかっかして、ぐらんぐらんと揺れ始めたのだ。まるで脳が沸騰しているかのように。無理に負荷をかけすぎて、脳がオーバーヒートしたに違いない。

とりあえず試験には合格したものの、今でも「前の車を追い越していいのは、横断歩道の何メートル手前だっけ？……思い出せない！」そんな風にどきどきしながら運転している。脳が沸騰したせいで、記憶細胞の一部が溶けてしまったのかもしれない。


さて、先日のことである。私は、テレビのインタビュー番組の仕事で、郷里徳島に戻った。故郷と漫画作品の関係を探るというテーマで、かつての同級生たちとの交流場面も撮影することになった。

高校時代の同級生が男女合わせて六名、私のために集まってくれた。その中の一人K子が、当時仲良し女子グループで回した交換日記のノートを持ってきた。四十年前の日記をまだ持っている人間がいたのも驚きだが、私がそのノートに書いた内容に、さらに驚愕《きょうがく》した。

高校では、写真屋さんが撮った体育祭や遠足の写真を廊下に貼り出して、希望者はその下に名前を書いて焼き増ししてもらうシステムだった。ところが、貼り出されたその見本の写真の何枚かが、ある日なくなった。その犯人は、クラスのA男と後に判明するのだが、事件に触れて私は交換日記に、

「私がA男に、写真知らないかと尋ねたら、知らないと言い張った。あんな嘘つき男を私は金輪際許せない。A男は将来ろくでもない犯罪者かあるいは社会ののけ者になるであろう！」

感情むき出しの文章を綴《つづ》っていたのである。

他のメンバーは、「テストが近づいて嫌だなー」とか「美容院に行ったら髪切りすぎちゃった」といった女子高生らしいのんびりと可愛《かわい》らしい記述ばかりである。なのに、私だけがむき出しの激情をノートにたたきつけていたのだ。しかも読むに堪えない幼稚な文体で。

「懐かしいよね〜。覚えてたぁ？」

K子は無邪気に私に話しかける。しかし私は、赤面したまま言葉が出なかった。

しかしテレビクルーは私が昔を懐かしむあまり言葉に詰まっているのだと思い込み、そばでカメラを回し続けていたのだった。

その場ではさらに、私が同席しているT君に電話して号泣したというエピソードが語られた。卒業を控えた高校三年の二月、私がスベリ止めのつもりで受けた私大に落ち、こんなことでは第一志望の国立になど受かるはずもないと、大泣きしながら彼に電話したというのだ。

「え？　私が、T君に？」

「うん。もうあたしは駄目やから、浪人する。どうせ落ちるから国立を受けるのもやめる言い出したんで、やめたらアカンよて、僕が説得したんや、覚えてない？」

「……まったく、覚えてない」

本当に、私には記憶がなかった。なぜ私は四十年の間に、記憶から完全に消し去ってしまったのだろう。十八歳の女の子が、号泣しながら同級生の男子に電話をするというのは、相当強烈な出来事である。それなのに、どうしてもそのことが思い出せなかったのだ。

歳をとると、脳は様々な機能を衰えさせるばかりで、いいことなど何ひとつないと私は思っていた。しかし今回の帰省で、むしろ歳をとってから脳に優れた特性がいくつか加わることに気づかされたのだった。

ひとつは、「分別」。おかげで、幼稚で感情的な言葉を書き散らすことはなくなった。交換日記時代よりも、今の私の方がずっとマシだと思うから。

もうひとつは、「忘却」。単なる物忘れではなく、いいことも恥ずかしいことも跡形もなく消し去る能力。男子の前で泣いて甘えて慰められて、という恥ずかしいけれどちょっと甘美な青春の記憶が、完全に失われていたという事実。それはつまり、過去の感情を引きずらず、人間がどんどんフラットになってゆくということなのでは？　恨みも喜びも、乾いてどこかに飛んでいってしまう。好々爺《こうこうや》、好々婆というのは、こういう風にして生まれるのかもしれない。

（初出　「本の窓」二〇一四年一月号）

十　五十歳過ぎてのデジタル

十一月のある日、夫が言った。

「スイカを買いに行こうと思う」

どこで売っているのでしょうねえ、この時期。千疋屋《せんびきや》か新宿高野に行けばあるのかしら。私がそう言いかけようとしたら、

「券売機で切符買ってるのって、もう俺ぐらいで、さすがに恥ずかしくなって」

え、ひょっとしてそれってSuica《スイカ》のこと？

「でも、俺は買い方がわからないから、ついてきてくれ」

というわけで、私は人生初Suicaを購入する夫に駅まで同行したのだった。

「どうして一人じゃ買えないの？」

「初めてなので心細い。間違えて駅員に聞くのも恥ずかしい。ところで聞きたいんだけど、チャージ金額の残りってどうすればわかるの？」

そこで私は券売機でSuicaを購入して五千円チャージしてあげたのち、改札で機械にタッチすれば残り金額が表示される仕組みを丁寧に教えてあげた。

五十歳を過ぎた頃、夫が言った。

「俺はもう、今後人生で新しいことを覚えるのは一切やめた」

その宣言通り、当時ようやく普及し始めたパソコンにはまったく触れようともしなかった。テレビ画面の入力を、地上波からケーブルチャンネルに切り替える方法も覚えなかった。当然、録画なんかできない。そのたび、私か息子が大声で呼ばれた。

「どうすればケーブルチャンネルが映るんだ？」

夫は四十代までは、むしろ最新家電に飛びつくタイプだった。家庭用ビデオ撮影機や大型テレビなど新機種が出るたびに買い替え、ちゃんと使いこなしていた。それが、世の中がデジタル化され始めてから何もかも放り投げるようになったのだ。

夫の車には今もってカーナビがついていない。助手席の私が道路地図を広げて道案内するのだ。

携帯電話の普及も、娘↓私↓息子、そして一番最後に夫だった。スマホにはいち早く切り替えたが、なぜか乗換案内アプリが使いこなせないらしく、遠出する時は分厚い時刻表をめくって乗り換え方法を調べている。

相変わらずパソコンには、触らない。彼はキーボードが打てないのである。仕事場には一応最新機種があり、メールアドレスも持っているのだが、メールボックスを開けられないのでメールで仕事のやり取りはしない。すべて電話とファックスですませている。どうしてパソコンを使わないのかと、人から尋ねられると、「調べたいことが出てくれれば、アシスタントに検索してもらいプリントアウトする。だから俺はパソコンをいじらない」

胸を張って答えるのだ。いじらないのではなく、いじろうとしないから、いじれないのだ。

・iPodにダウンロードなどもちろんできないので、好きな音楽は、CDかカセットで聞く六十六歳である。

しかし、相変わらず元気いっぱいで毎日精力的に活動する夫を見ていると、「この十数年、新しいことを覚えなかったことが、彼の若さを保つ秘訣《ひけつ》なのかも」

そんな風に私は思い始めた。

機械には弱い私なのだが、性格的に負けず嫌いなところがある。四十代後半に仕事場にパソコンを設置して以来、操作に行き詰まるたびに「なにくそ、機械に負けてたまるか」と、問題が解決するまで挑戦し続けた。それが功を奏したのか、少なくとも夫よりはパソコンを使いこなせる。デスクトップとノートパソコン、タブレット二台の計四台を所有しているのだ。

ところが、この複数のパソコンが私の時間と労力を奪っていることに気づいた。

仕事はもっぱらメールでやり取りをする。なので、毎日午前中はメールの返信で終わってしまう。

文章は、どんなに短いものでも、Ｗｏｒｄ《ワード》で作成するようになった。難しい漢字を一画一画確かめながら書かなくてもいいし、指も疲れない。何より削除・訂正が簡単にできるのが嬉しい。

しかし、「あとでいくらでも添削できる」と思う気持ちが、どうも私の集中力と緊張感をそいでいるようなのだ。なんとなくダラダラ始め、はみ出したらあとで削りましょうと呑気な気分で、途中でお茶を飲んだり昼寝したりするようになった。

かつては、私は原稿用紙に鉛筆で手書きをしていた。エッセイを書き始めた当初は、訂正箇所は途中で消しゴムを使い、消しカスまみれになりながらイチから書き直した。その作業が嫌で、とにかく途中書き直しをしなくてすむよう、やがて集中して一気に書き上げるようになっていた。四百字詰め原稿用紙五枚なら、二時間ほとんど修正なし、というのが手書き時代の私のペースだったのだ。ところが、Ｗｏｒｄを使うようになってからは、同じ分量を書くのに半日かかっている。しかも、あとで何度も訂正の手を加えている。デジタル化したおかげでかえって時間がかかっているのだ。

タブレットには別アドレスのメールも届くので、それもチェックしなくてはいけない。仕事で出会った初対面の人に、フェイスブックをやっていることを口走ると、次の日には友達申請が来て、それに対する承認とメール返信にかからなければならない。

一方夫はというと、トイレの中に携帯を持ち込み、用を足しながら大声で仕事の話をしている。しかも、

「重要な点は、仕事場にファックスしておいて」

こう相手に指示を出すのである。

パソコンで来た用件にメールで返信し、さらにその内容を忘れないようにプリンターでプリントアウトする私。用紙やインクの補充も結構煩わしい作業だ。なので、私は最近、

「仕事のやり取りは、電話&ファックスに切り替えた方がよっぽど時間と労力が短縮できるのではないか」

そんな風に考え始めている。

以前、体に良いことを何かしていますかと医者から聞かれ、毎朝、公園を二十分ぐらいウォーキングしていますと私は答えた。すると、

「それはやめた方がいいです。サイモンさんの年代だと寝起きに散歩するのは、転倒して骨折する危険性が高いです。それに、有酸素運動は三十分以上続けないと意味がないので二十分のウォーキングならやらない方がマシです」

そう言われた。

歳をとって始める新しいことって、推奨できるものばかりではないらしいのだ。

憧れの田舎暮らしを始めたけれど、結局うまくいかなかった話もよく聞くし。

最近私はフェイスブックを通じて小学校時代の同級生たちと交流が復活している。その仲間の一人が、タイガース（阪神ではなく、グループサウンズの方）復活コンサートに行き、熱狂してきたという記事をアップした。なんと、武道館が満席だったそうだ。

五十を過ぎると、人は新しいことよりも、むしろ思い出の時代に心躍るものなのだろうか。

伊能忠敬《いのうただたか》が五十五歳から日本地図作成の全国行脚を始めたことを知り、

「人間五十過ぎてからでも、新しいことにチャレンジせねば」

と決意した私だった。しかし、伊能忠敬だってただ行動に移さなかっただけで、それまでの人生もきっと地図オタクだったに違いない。いきなりまったく新しいことなど、無理なのだ。私はそう考え直している。

神近市子（かみちかいちこ）が六十四歳で衆議院議員に初当選（以後七十九歳まで五回当選）しているけれど、それまで彼女は社会運動にずっと参加してきている。

私が五十過ぎてチャレンジした新しいことは、ことごとく挫折した。ホットヨガは体力がついてゆかず、自動車の運転（四十九歳で免許取得）も、都内ではほとんど乗らなくなっている。引っ越しを機に家庭菜園を始めたのだが、今やすっかり荒れ果てた。

その一方、これまで続けてきたことのマイナーチェンジは、案外うまくいっている気がする。

大正時代を舞台にした漫画を描いた。初めて時代物を作画したのだけれど、とても楽しかった。しかしこれがもし、大正時代の女性を〈女優〉として演じるというチャレンジだったら大失敗であったろう。続けてきたことの延長線上にある小さなチャレンジというのが、私には合っているのだ。

もう歌手にはなれない。バレリーナも、ピアニストも無理。けれど、絵を描くこと・文章を書くことのアレンジ的なものなら、まだ多少できそうな気がする。

「四十代で失敗した人には、手を貸す。その失敗を教訓に立て直すことができるからだ。しかし、五十を過ぎて失敗した人間に再浮上の可能性はないので、私は手を差し伸べない」

ある大実業家の言葉である。酷ではあるが、現実的な言葉だと思う。五十過ぎて大失敗しないためには、多分今まで築き上げてきたものの延長線上にあるものを、細々と続けるのが良いのではないか。

頑固爺さんが世に疎まれながらも長生きするのは、新しいものを拒否したことでストレスがたまらず、その結果元気なまま過ごせるからなのかもしれない。夫の生活ぶりを目にするにつけ、私はそんな思いを深くするのだった。

（初出　「本の窓」二〇一四年二月号）

十一　母親魂、再燃!!

歳をとってから犬にハマる女性たちは少なくない。

「犬ってそんなに可愛いの？」

トイプードルを飼っている友人に私は尋ねた。すると、

「そりゃあ可愛いわよ。ずっと三歳のままの子供が家にいるのと同じだもの」

彼女は答えたのだ。

我が家に残されたホームビデオには、息子が三歳の頃の映像が多く残されている。私のエプロンの紐を、後ろからちっちゃな手で一生懸命ほどこうとしている幼子の仕草の可愛いことと言ったら。彼が十代になり、親と口もきかなくなった時期、何度私はそのビデオを見直して涙を流したことか。

「この可愛い坊やはどこに行ってしまったの？　そうだ、誘拐されたに違いない。だって今ウチにいるのは、まったく別の生物だもの」

たびたびそんな思いにとらわれたものだった。

誰かが三歳までの可愛さで親は残りの子育てができると言った。まさにその通り

だ。家にいつも三歳以下の子供がいればどんなに幸せだろう。そんな風に私はずっと思って歳を重ねていた。なので、友人の言葉がずしんと心に響いたのだった。

それでも、半年以上ぐずぐずと悩んでいた。犬を飼えば長期旅行にも出かけられないし、第一毎日の散歩なんか私にできるのだろうか？　小学生の頃田舎で柴犬《しばいぬ》を飼っていたが、世話は母まかせで、犬は一日の大半、鎖で犬小屋に繋がれたままだった。

しかし十二月、クリスマスを目前に控えたある日のことだった。夫と二人で近所に買い物に行く途中、ふらりと立ち寄ったペットショップで、一匹の仔犬《こいぬ》と目が合った。

「あ、可愛い」

仔犬が入れられたガラスケースには、「コーギー　メス　二か月」とラベルが貼られていた。その仔犬を指差して夫と会話を交わしていると、私たちに気づいた店員が声をかけてきた。

「抱っこしますか？」

ケースから出された仔犬は、暴れることもなく、すっぽりと私の腕に収まった。大きな瞳でこちらをじっと見つめる小さな体が少し震えているのが愛《いと》おしくて、つ

い頬《ほお》ずりをしてしまった。それを見ていた夫が、

「気に入ったか？　だったらクリスマスプレゼントに俺が買ってやるよ」

突然言い出したのだ。それを聞いた店員は、すかさず私たちの目の前に購入用紙を差し出した。

「奥で保険加入の手続きをしてください。それがすめば、今日この子を連れて帰れますよ。ただし、現金払いですが」

ちょ、ちょっと待ってください。私にはまだそんな心構えが……そう私が言うより早く、

「現金？　俺はちょっと持ち合わせがないな。それに、もう仕事に行く時間だ。きみ、銀行のＡＴＭで金を下ろしてきて払っておいて」

早口でそう言い終わるや、夫はいつものようにぴゅーっと立ち去っていったのである。

クリスマスプレゼントではなかったのか？

俺が買ってやると言ったのではないか？

結局、その店から一番近い銀行ＡＴＭで自分の口座から代金を引き出して店に戻り、私は仔犬の購入手続きをしたのだった。

そういういきさつで、突然我が家にやってきたワンコ。名前は、リンコである。私の二人の子供は名前に「り」がつく。三番目の子供となった「り」のつくワンコで、リンコなのだ。

不思議なもので、我が子として連れ帰った瞬間から、犬の糞《ふん》の始末も苦でなくなった。犬のオシッコ、ウンチにまみれながら、私は三十年近く昔の感覚を思い出していた。赤ん坊のオムツの世話で一日が終わっていたあの頃を。すると、すっかり干からびて消えてしまったはずの〈母性〉が、私の体の深部から再び泉のようにこんこんと湧き出てきたのである。

幼い命に目いっぱい愛情を注いで育てる喜び。この十年私の大きな喪失感は、この喜びを失ったためだった。行き場を失った母性が欲求不満のまま体に閉じ込められ、それが私の更年期障害の原因だったに違いない。

仔犬によって再び活気を取り戻した私は、まるでミュージカル『レ・ミゼラブル』の、ジャン・バルジャンだった。幼いコゼットを膝に抱き、「希望が与えられ、私は生き返った」と歌う、まさにそれと同じ心境だった。

しかしリンコは、元々は牧畜犬として家畜を囲い込む犬種なのだ。飛び跳ねながら追っかけてきては、私の足首を嚙《か》みまくる。途方に暮れた私は知人にドッグトレーナーを紹介してもらうことにした。

さっそく、元気のいい女性トレーナーが我が家に家庭訪問にやってきて、私に犬を飼う心得をイチから教えてくれた。

環境の変わった仔犬は、二週間サークルの中に入れたままにしておくこと。その間は、話しかけたりかまったりせず静かに寝かせておく。

「刺激を与えすぎると、興奮して眠らなくなります。抱っこしたり甘やかしすぎると飼い主をなめて言うことをきかなくなります。殴ったり大声で叱ってしつけられた犬は、自分より弱い犬や子供に噛みついて欲求不満を解消するようになります」

彼女の言うことはすべて筋道が通っていて納得できた。力で抑えつけられた動物は、力で解決しようとするのだ。

昭和二十年代、山口県で五頭の犬を飼っていた夫は、言った。

「犬のしつけは最初が肝心だからな。まずガツンと殴って、御主人様が誰であるかを教えて、あとは外の犬小屋に鎖で繋いでおけ」

番犬・家来ではなく、私は家族として犬と暮らしたいのよ。私は、トレーナーさんの言葉で夫に反論した。

「昭和二十年代のスパルタ教育は、今では人間の子にも禁止されているでしょう?」

そして今、リンコは私の書斎の片隅でサークルに収まっている。私がパソコンでこの原稿を書いているのをちらちら見るが、相手にされないことに気づくとエサ皿をひっくり返したり玩具に噛みついたりを始め、やがて疲れて眠ってしまう。

遊ぶ時は目いっぱい遊んで、後はサークルの中で寝かせる。どんなに甘えてきゅんきゅん鳴いても、無視する時は無視。主導権はご主人様にあるのだよ。人間の三歳児レベルの知性と尊い服従の精神を持つワンコは、力で抑え込んではいけないのだ。

さて、その月は中旬で漫画の連載が一本終了したこともあり、それ以降私は連日宴会続きとなった。六時間ぶっ通しでカラオケで歌ったり、しゃぶしゃぶ食べ放題に体力の限り挑戦したり、深夜のワインバーで大はしゃぎしたり。その疲れがたまったのか、年が明け新年元旦から風邪をひいて寝込んでしまった。

静かに横になっていれば一日で治ると思っていたのだが、二日経ち三日経っても起き上がれない。のどの痛み、鼻水、微熱といった風邪特有の症状は軽いのだが、体がどうにも重くて起き上がれない。その代わり眠ることはいくらでもできた。五十歳過ぎて十三時間連続で眠り続けたのは初めてといっていい。その時私は、

「仔犬は楽しいことだと加減を忘れてはしゃぎすぎ、体力を消耗してしまうので、遊びはほどほどに」

というドッグトレーナーの言葉を、思い出していた。人間の中高年女性も、楽しいことだと加減を忘れてはしゃぎすぎて寝込むのだなあ。

ペットを飼うと、いろんなことに気づかされる。――動物とはなんであるか、人もまた動物である、子育ては動物も人間も同じ、愛する家族のお世話なら糞尿まみれでも苦にならない――などなど。そして、私という人間は何かのお世話をしていないと寂しくてたまらない性格だったということ。暇で自由すぎると、かえって何をする気もなくしてしまうのだ。

私が一番仕事をたくさんこなしていたのは、子供たちが小学校に上がるまでの時期で、育児が一番大変だった私が三十〜三十五歳の頃だ。幼稚園児と乳飲み子を抱え、それでも『東京ラブストーリー』を描いていた。幼子の鼻水、よだれ、オムツまみれになりながらも、溢《あふ》れ出た愛のエネルギーが創作にまで及んだのだろう。動物レベルの母性が体から湧き上がった時、私は疲れ知らずの無敵となるのだ。

心の準備もないままにいきなりコーギーを飼うことになった私だが、ネットや犬好きの人の情報から、この犬種はじつは育てるのが難しく初心者には向かないということがのちにわかった。

時、すでに遅し。

しかし、喘息《ぜんそく》とアトピーの持病があり、小四で交通事故に遭った息子を何とか健康な青年に育て上げたではないか。十九年間毎朝六時に起きて、弁当を作り続けたではないか。そう、困難な状況を与えられれば与えられるほど、私の「母親魂」は燃えるのだ。

犬は外で飼えと言っていた夫も、夜置いて出るとリンコは寂しがらないかなと心配するまでになった。一日五分ぐらいは可愛がるが、仔犬がオシッコすると、

「汚い！　ママ、オシッコ始末して」

私に丸投げしてぴゅーっと逃げていく。彼のこの育児態度もまた、三十年前と変わらない。

（初出　「本の窓」二〇一四年三・四月合併号）

十二 捨てられない写真とビデオ

会食で隣に座った男性から質問された。彼とはその日が初対面である。

「サイモンさんは、漫画家何年やっているのですか？」

「えーっと。二十二歳でデビューして、今年五十七歳ですから、漫画家生活二十五年ですかねえ」

喋りながら、そうか、もう二十数年も漫画を描いているのかと、私はしみじみした思いに浸った。

「え？　サイモンさん、確か僕と同い年なんですよね？」

男性はびっくりした顔で、聞き返した。

「で、僕入社して三十五年なのに……？」

「すみません！　計算間違いしました。そうです、漫画家になって三十五年でした」

私は慌てて訂正した。

簡単な引き算ができなかったこともそうだが、二十年前も三十年前も同じ感覚になっていることの方が、私にはショックだった。

「二十五年も三十五年も、そう変わらない」

そんな風に感じてしまう人間になってしまったのだ。


以前、私の母が、孫娘の大学卒業にあたり、こう言った。

「まりちゃん、もう卒業なのね。ついこの前入学したと思ったのに」

それに対して娘は、

「そうお？　私はすごくいろんなことがあったから、結構長かったわ」

二十三歳と七十三歳では、時間の感覚がこんなにも違うのかと、当時感じたものだった。そして現在、間違いなく私は後者のお仲間なのである。

この前クリスマスだと思ったのにもう雛《ひな》祭りで、あら七夕だわ、いやだもうハロウィンだなんて……。これだったら、クリスマスツリーもお雛様も短冊飾りの竹もカボチャも、いっそ一年中出しっぱなしでいいのではないかとすら思ってしまう。

歳をとると生活に大きな変化が起こらない。そのため時間が経つのを速く感じてしまうのではないか。住み慣れた町で、食べ慣れたものを食べ、慣れ親しんだ古い付き合いの人としか顔を合わさない。あまりに同じことを繰り返していると、どのくらい時間が経ったか、人はわからなくなってしまうのだ。

加えて、ついさっきのことをすぐ忘れてしまうことも、いっそう時の流れを速く感じてしまう要因なのではないだろうか。実際、私はここ五年ぐらいの記憶がスカスカである。おかげで、五年前と現在の間に時間が流れたとは感じず、つい昨日の出来事のように思ってしまうのだ。

最近では、読み終えた瞬間にさっきまで読んでいたその本の内容を忘れていることが多い。

「サイモンさん、最近読んで面白かった本を教えてください」

と人から聞かれ、

「○○という作家の×××という小説ですね」

「それは、どんなストーリーで、どこが面白かったのですか？」

「……忘れた」

タイトルと作者名は覚えている。面白かったという感覚も確かに残っている。けれどストーリーの輪郭すら思い出せないことがあるのだ。

しかし。と、私は考える。人間に現れる老化現象にはすべて理由があるはずだ、と。

歳をとって小食になるのは、活動エネルギーが小さくなるから。それと同様に、読んだ本の内容をさっぱり忘れてしまうというのは、おそらく私の今後の人生において学ぶべき特に重要な知識（情報）がなかった、ということなのではないだろうか。ハラハラドキドキして楽しかった。はい、それで充分と、脳が判断しているのだ。

これ以上記憶を増やすと容量がパンクするから、細かなストーリーを消去しているに違いない。私は、そう推測している。

クラウドが「容量がいっぱいなのでもう入りません」と表示されると、ああ私の脳と同じだな、と思う。


科学の進歩は記憶が飛ぶ以上に速く、さらに私はついてゆけない。ウォークマンが世に初めて出た時は、驚いてさっそく手に入れた。カセットテープを歩きながらイヤフォンで聞くという最も初期のモデルだ。

それが、へえＣＤウォークマンが出たの？　で、次がＭＤ？　と言っている間にｉＰｏｄが出現した。ｉＰｏｄもミニやらタッチやらがあるらしいという噂《うわさ》を聞いているうちに、ｉＰｈｏｎｅ《アイフォン》に吸収されて、ｉＰｏｄが生産されなくなるというニュースを最近見かけた。

結局私が持ち歩く音楽機器で所有したのは、カセットウォークマンと、ｉＰｏｄクラシックの二台のみだ。ｉＰｏｄも息子が設定して最初に入れてくれた曲数から増えないままの状態で使用している。

「新しい機種の使い方を覚えなければいけないなあ」

と思っているうちに、さらに新しい機種が出現し続け、結局それを追っかけるのを諦めてしまう。

私が今悩んでいるのは、百枚を超すレーザーディスクと、やはり百本を超すVHS録画の映画である。子供たちの成長を記録したビデオカセット数十本も、どうしたものか。

レーザーディスクは、三十代の頃老後の楽しみのために、めぼしい映画タイトルを買いあさったものだ。ついに老後に突入したというのに、我が家には壊れて再生不能のプレーヤーしかない。

ビデオテープにいたっては、ケチケチとテレビの洋画劇場を三倍速で録画したものなので、ハイビジョンに慣れた目には見られたものではない。

これらふたつは、将来的に見込みがないので思い切って処分しよう。一枚一万円以上したレーザーディスクは多少悔しいが、二十年以上前の洋画劇場を録画したビデオテープは未練なく捨てられる。

しかし、子供たちの成長を記録したファミリービデオだけは、どうしても残したい。そう思い私はVHSをDVDにダビングする機械をジャパネットたかたで買った。

「ボタンひとつで、簡単操作！」

テレビから流れる社長の甲高い声に、私は迷わず購入したものの、忙しさを口実にじつはいまだ一本もダビングできずいる。

　さて先日、ずっと女っ気がなかった二十八歳になる息子が、初めて我が家に彼女を連れてきた。素朴な雰囲気でありながら受け答えのしっかりしたいい娘さんで、夫や私ともすぐに打ち解けた。

　家族で食事をしたあと、

「ねえ、これ見て」

　息子が彼女に、一冊のアルバムを見せた。それは、幼い頃肥満児だった息子の、際立ってデブな写真を集めたものだった。赤ちゃんの頃から数千枚撮りためた中から、以前に私と息子で面白がりながら選んだものだった。

「きゃあ、コロコロで可愛い！　いい笑顔ね。わあ、やっぱりお母さんにも似てる～」

　一枚一枚にコメントをくれる彼女に、私は目頭が熱くなった。家族以外に、家族写真をこんなに愛情深く熱心に見入ってくれる人がいるなんて……。息子も嬉しそうに、当時の思い出を彼女に話している。

「ホントに僕は、デブでおっちょこちょいだったんだよ」

　私は彼が十歳の時交通事故で三か月入院したことを思い出していた。バスを降りて車道に飛び出したのだ。おっちょこちょいにもほどがある。五歳の時には喘息で入院。集中治療室で絶対安静となり、お母さんどうしてこんなになるまで放っておいたんですかと、医師から叱られた。

おっちょこちょいの上に体も弱く、怪我や病気ばかりでいつもなにがしかの病院に通っていた。臆病で人見知りの草食男子だけれど、家族の中では誰よりも心が優しい息子だった。そんな彼の良さをやっと見つけてくれた彼女に、私は涙が出るくらい感謝した。

「ビデオは、もっと笑えるよ」

息子が彼女に言うのを聞いて、とにかく早くビデオをDVDにダビングせねばと、私は決意を新たにしたのだった。

猛スピードで流れ去ってゆく時間。古い写真や映像は、それをかろうじてカタチとしてとどめてくれる。引き潮に流されまいと砂地に踏ん張る波打ち際の両足のように。

最新機器で記録された画像でなくても、ピントの合っていないモノクロ写真でも、それをきっかけに鮮やかな記憶が蘇《よみがえ》れば、それで充分なのである。

さらに、その思い出を共有し、同じくらい温かな気分になれる人間がそばにいてくれれば、

「あっという間に時は流れ、すべて忘れ去られてしまうのだから、人生はむなしい」

という思いも払拭されることだろう。

（初出　「本の窓」二〇一四年五月号）

十三　五十代からは何を着る？

吉祥寺に引っ越して間もない頃のこと。ある朝、夫が言った。

「さっき家《いえ》の前で、楳図《うめず》かずお先生とすれ違った。挨拶したら、『ご近所なのでウチにも遊びにきてください』って言われたよ」

それを聞いて私は、思わず叫んだ。

「それって、いつ⁉ 行きたい！ すぐにでも行っておウチを見学したい！」

少女時代から楳図漫画の大ファンだった。だから、近所に引っ越して以来、通称まことちゃんハウスと呼ばれる楳図先生のお宅の中を一度は見学したいと、強く願っていたのだった。

「いつって……。特に約束もしなかったし、連絡先も聞かなかったからなあ」

なんという押しの弱い夫なのだ。しかし、私は諦めなかった。いつかチャンスが巡ってくるはず。

すると、その数週間後、待っていたその機会が巡ってきた。近所でバッタリと出会ったのである。

「楪図先生！　私はヒロカネの家内です。夫から、先生のおウチにご招待いただけると聞きました。いつなら伺っていいですか？」

私は興奮して早口でまくしたてた。すると、

「あ、……、いつって、…その……」

いきなりの要求に先生は戸惑っている様子。そこで私はさらにプッシュした。

「私も娘も先生の大ファンで、ずっと憧れて絵の模写もしていたんです」

「あっ、ああ〜〜。ヒロカネさんの奥さんて、あなた、サイモンさんね？　ごめんなさい。気づくの遅くて」

先生は、どうやら私のことを図々《ずうずう》しい近所の見知らぬオバサンだと思っていたらしい（私は二十数年前、パーティー会場で一度挨拶したきりだった）。

しかし、身元も判明したし、よし、これならいける。

「はい。私も、漫画家です！　で、いつなら伺ってもいいですか？」

語気を強めながら、先生に詰め寄った。アポを取るまで、あと一押しだ。

「それは、……。また日を改めて……」

「ご都合を聞いてから伺いますので、先生の連絡先を教えてください！」

「それは、ちょっと……。でも、いずれ、きっと、また」

そう言い残して、足早に立ち去っていったのだった。

帰宅して事の次第を夫に話したところ、

「キミみたいな厚かましい中年女性が、楳図先生は一番苦手なのだと思うよ」

そう言って叱られた。

「先生は、少年の心のまま歳を重ねた人だからね。だから、あんな素晴らしい少年漫画が描けるのだ」

夫の言い分に、確かにと私は納得した。以来、散歩の途中、楳図邸の前を通るたびに、私は自分の非礼な態度を反省するのであった。


さて。時が流れ、先日のことである。

愛犬リンコを連れて、夫と私は朝の散歩に出かけた。すると、楳図邸の前に先生が立っているではないか。

「楳図先生！　おはようございます」

まず夫が駆け寄り、挨拶をした。

「ヒロカネです、それとウチの犬と、家内です」

「ああ、奥さんて、サイモンさん？……そうだ、よかったら、ウチの中を見ませんか？」

なんと、楳図先生は三年前の私との約束を覚えていてくださったのだ。

私はわくわくしながら、夫に続いて犬を抱え、おウチの中に入っていった。

いきなりの来訪者にもかかわらず、室内はきちんと片付けられていて、掃除も行き届いていた。

「お掃除は、どなたがされているのですか？」

「掃除は、僕がします」

私は、驚いた。玄関にも吹き抜けのロビーにも、埃ひとつ落ちていない。廊下もぴかぴかだ。先生が一人でされているとは！　引っ越して三年しか経っていない我が家の方がよっぽど埃まみれである。

ステンドグラスのはめ込まれたロビーの奥に、システムキッチンが見えた。これも、ぴっかぴかである。

「キッチンもきれいなままですね」

「僕は、食事もほとんど外食だし、汚れないんです」

それにしても、まるでショールームのようだ。流し台はあるものの、ダイニングテーブルやキッチン家電が見当たらない。箸立てや醤油さしといった生活感丸出しの小物もない。夫もそのことに気づいたみたいだ。

「それにしても、生活臭がないですね。生活はどこでされているのですか？」

すると、

「僕は、まだ現役で活動中ですから、生活はないんです。必要ないんです」

現役のアーティストにとっては、人生の時間すべてが表現活動なのだ、つまり、そういうことなのだろう。そのピュアなお言葉に、夫と私は無言でその場に立ち尽くすのだった。

それから先生の案内で家中すべてを見せてもらった。楳図邸の個室はすべて、テーマ別に色分けされ、美意識が隅々まで行き届いた、まさにアーティストの「作品」だった。

楳図先生は、七十七歳（当時）。しかし、会話に世間的な年寄りっぽさが皆無のため、年齢をまったく感じさせない。

会話だけでなく、世間にも良く知られていることだが、ファッションもまた独特である。クローゼットには、トレードマークの赤白横縞《よこじま》Tシャツがずらりと並んでいた。半袖だったり長袖だったり、着丈も長かったり短かったりで微妙に差異があるが、その隣のパーティションには、ラメやスパンコールがあしらわれた派手なお洋服がぶら下がっていた。おそらくライブ用の衣装なのだろう。

町で見かける年配の男性たちは、押し並《な》べてくすんだ色合いの衣服をまとっている。彼らの服装は、人々がイメージする「おジイさん」と見事に合致している。男だけではない。女性もいつのまにか、「おバアさん」的ファッションを自ら選択するようになってしまう。

テレビCMを見ていて、たまに引っかかる時がある。たとえば、住宅メーカーのCM。祖父母に子供夫婦、そして孫で幸せファミリーを演出している画面だ。孫が小学生なので、その親にあたる夫婦は三十代前半だろう。すると、祖父母は五十代後半~六十代前半? ところが、この祖母は決まって灰色のカーディガンに草餅みたいな色のフレアースカートを穿いているのだ。

つまり、世間がイメージする「孫のいる六十歳ぐらいの女性のファッション」とは、こういうものなのだろう。頭は取ってつけたような白髪で、柔和な笑顔のおバアちゃん。

しかし現実においては、そのようなファッションの六十歳女性は、少なくとも大都市近郊ではほとんど見られない。私の友人は六十前後が多いし、孫のいる人も少なくないが、ジーンズ姿やモノトーンファッションが多い。草餅色のスカートなんて誰も穿いていない。

草餅色のスカートを穿くと、気持ちまでおバアちゃんになってしまう気がする。私は、世間にいいおバアちゃんなんて思われなくてもいい、着たい服を着よう。楪図邸のクローゼットを目にして、そう決心したのである。

そこで私は、クローゼットにあるおバアちゃんぽい服をすべて処分することにした。レース、刺繍《ししゅう》、ビーズ。ニットやTシャツにこれらの装飾がくっついていると、とたんにおバアちゃんぽくなるのだ。レースは、去年あたり流行アイテムだったが、若い娘にはお洒落でも、おバアちゃんが着たら、年増のメイドのようになってしまう。白髪頭にレースは、やめた方が無難だ。

楳図先生のように自分のユニフォームを定着させてしまえばいいのだな、と気づいた。といって、赤白縞にするのではなく、たとえば白シャツに紺カーディガンを基本スタイルで通すのだ。そうすれば、六十だろうが七十、七十五、八十になろうと、おバアちゃんではなく「そういう個性の人」として生きていける気がする。

楳図邸訪問の数日後地元の友人とランチに出かけたところ、吉祥寺のオープンカフェで鷹《たか》連れのカップルを見かけた。

「最近、この辺でよく見かける鷹匠《たかじょう》の方ですよ」

吉祥寺に長く住む彼女が教えてくれた。

男女それぞれの腕に、鷹がおとなしく留まっている。なるほど、鷹匠なのだろう。しかし、その男女のファッションが、まるで中年ロックンローラーなのである。共に黒い革ジャンで、男は高橋《たかはし》ジョージ、女はカルメン・マキのようだった。鷹匠という言葉からは、何となく作務衣《さむえ》姿がイメージされていたのだが。

鷹匠たちの年齢は、よくわからなかった。四十代のようでもあり、六十代にも見えた。これも、個性を追求した結果、年齢不詳に見えてしまう成功例なのだろう。

そして鷹匠カップルを目撃したのち、私はクローゼットの黒革ジャンの処分を決意した。五十代以上で黒革ジャンを着ていると、どうしてもロック関係者に見られてしまうと気づいたからである。


（初出 「本の窓」二〇一四年七月号）

十四　怒りが止められない

かつて私は「仏のサイモン」と呼ばれるぐらい、怒りとは無縁の人間であった。仕事関係で人とトラブったことはまずない。アシスタントを怒鳴ったなど皆無だし、夫とも十年に一度ぐらいしか喧嘩《けんか》しなかった。

ところが昨今、怒りが止まらないのである。

先日のことだ。雑誌タイアップのインタビュー取材があった。インタビュアー、出版社の編集、広告部、クライアント、代理店の人間など総勢十名近くが取材現場となった我が家に現れた。相手をするのは、私一人だ。一人でお茶を淹《い》れ、椅子を用意し、空調に気を配る。

やがて取材が始まり、私は関係者たちに囲まれていた。すると中で一人三十代半ばと思われる女性が、ずっとスマホをいじっているではないか。私の正面に座るインタビュアーの肩越しに、彼女の姿が目についてしようがない。インタビューが終わり、写真撮影になってもなお、彼女の視線はスマホに釘付けで、右手はずっとスクロールとタップを繰り返していた。

「あなたにとっちゃ、どうせつまんない話なんでしょうがね」

私は腹の底で毒づいた。

「仕事中にスマホをいじるなっ！」

カメラマンの注文に満面の笑みで応えながらも、私のはらわたは煮えくり返っていたのである。


取材が終わり、毎日習慣となっている犬の散歩に出かけた。しかし、怒りは収まらない。先ほどの女性の姿が脳裏に焼きついて消えないのだ。そしてこんな日に限って、愛犬リンコが他の犬から吠《ほ》えたてられる。すでに体重十キロになったリンコが自分の三分の一ぐらいの大きさの小型犬にキャンキャン吠えられ、縮み上がっている。

「吠えるな！　馬鹿犬をちゃんとしつけてから散歩させろ！」

そう言いたい言葉を飲み込んで、私はリードを引っ張り足早に立ち去った。

家に戻ってからも怒りは収まらない。頭がかっかして、体がわなわなと震える。スマホ女と馬鹿犬の相乗効果で、とてつもなく怒っているのだ。

気を鎮めようと新聞を取り出した。すると、ある記事が目についた。認知症の妻を自宅介護する夫の話だ。前頭葉に強く作用するタイプの認知症になると、怒りがコントロールできなくなるそうだ。

「飯、飯、飯をくわせろ〜っ！」

毎日、妻の怒号が家の外にまで漏れ、近所中に響くのだとか。病気になるまでの妻は、とても穏やかな性格で人に対して怒ったことなどなかった。それなのに病のため人格が豹変《ひょうへん》してしまったのだと、夫は嘆く。

これかもしれない。私はふと、思いついた。

数年前、夫と大喧嘩をした時、

「キミは今、おかしい。冷静な判断ができる状態じゃない。今までのキミじゃない」

こう言われたからだ。

しかもその一件以来、頻繁に夫と喧嘩するようになったのだ。喧嘩といっても、怒りが抑えられずに私が一方的に責め立てるだけなのだが。

十年ぐらい前までは、そんなことは一切なかった。子育てを手伝わない夫に一瞬腹を立てても、

「子供と触れ合うという、人生で最も貴重な時間を味わうことができない可哀想《かわいそう》な人なんだわ」

そんなふうに思うことで、怒りも収まっていたのである。

ところが、自宅で初めてリンコをシャンプーすることにした先月のことだ。私一

人では無理なので、夫に手伝いを頼んだ。夫が手で押さえ、私がシャワーをかける。するとと犬は気持ちよさそうに目を細めた。

「おお。リンコ、気持ちがいいか。よし、これから毎週日曜日は、俺がシャンプーしてやるぞ」

上機嫌で夫が言った。

そしてそのわずか一週間後の日曜の朝。シャンプーやタオルを用意して、私は夫が起きるのを待っていた。すると、外出の身支度で彼が現れた。

「用事ができた。今日はリンコのシャンプーはできない」

その瞬間、私の前頭葉が弾《はじ》けた。

「これからは毎週やるって言って、たった一週間でその約束破るわけっ⁉」

抑えきれない怒りが大声となって口から飛び出した。一度堰《せき》を切った怒りは、決壊したダム水のようにあとからあとから押し出され、その勢いをとどめることができない。

「いっつもそう。何度言ったらわかるの？　なんでそういうことするかなぁ！」

「そ、それは……。しょうがないだろ、用事ができたんだから」

口をもごもごさせながら、夫はぴゅーっと家から飛び出していった。

私の怒りは行き場を失い、愛犬を抱きしめてもほんの少ししか癒されない。シャンプーを諦め、結局その日一日は怒ったまま過ごした。

　ここまで怒りが収まらない状態は、若い頃にはなかった。やはりこれは前頭葉の病気なのだろうか。しかし、半年前脳ドックで検査した時は、まったく脳は正常だった。となると、加齢によりただ単に性格が悪くなっただけなのか？

　あるいは、若い時分に抑えていた怒りがたまりにたまっていて、今爆発させないとさすがにマズいと脳が命令して爆発しているのか？　犬のシャンプーをきっかけに、育児を手伝わなかった夫への長年の怒りが炸裂《さくれつ》したのだろうか。


　原因をくよくよ考えていても仕方ない。そう思い直し、私なりに怒りを解消する方法を模索することにした。

　怒りに襲われるのは、体調が悪い時のことが多い。スマホ女に激怒した時も、接客の気疲れがたまっていた。寝不足、風邪気味、肩こり、便秘。そういった体の不調時はやはり怒りっぽくなる。空腹も良くない。というわけで、良く寝てちゃんと食べてしっかり運動することが大切だと思い至った。

　さらに、怒りの原因をいつまでも考え続けることが、さらに悪循環となるので、まったく違うことに脳を切り替えることが必要である。散歩は一見良さそうだが、歩きながら怒りの対象について考え続けることもあるので、すると逆効果になる。

それより映画を見たり、小説を読んだりして脳を別のストーリーで埋め尽くす方が良策だろう。

そして、私の怒りを引き起こす人からは、なるべく遠ざかること。スマホ女とは多分もう会わないだろうから、良しとしよう。馬鹿犬の飼い主の姿を見かけたら、すれ違わないように道を変更すればいい。しかし、困るのは夫だ。三十年以上同じ理由で私が怒り続けているにもかかわらず、向こうもそれを一向に直す気配がないのだから。

最近、我が家のファミリービデオをDVDにダビングしたものを、子供たちと一緒に見る機会があった。

娘が五歳で息子が一歳のある日。食卓の上に水の高さの違うコップを五〜六個並べ、それをスプーンで叩《たた》いて音を鳴らす遊びを娘が始めた。カン、コン、キーン。水の量の少ないコップほど高音を立てる。

それをそばで見ていた弟が、すぐさまスプーンを手にし、お姉ちゃんと同じようにコップを叩こうとした。すると、

「怒るよっ、リュウスケ！」

姉は不機嫌な声で弟を叱った。しかし一歳の幼児にはその声が届かない。再びス

プーンでコップを叩こうとした瞬間、

「リュウスケッ‼」

娘は怒鳴り声を上げ、カンカンカンと大きな音を立ててスプーンをテーブルに打ち付けた。歯をむき、鼻の穴を丸く膨らませ、まるで威嚇する動物の表情だ。うわーんと、声を上げて泣く弟。

しかし、次の瞬間ビデオの場面が切り替わり、姉弟は仲良く抱き合ってじゃれあうシーンになった。

こんな風に怒りをぶつけあってもすぐ仲直りができたなら、どんなにいいだろうな。DVDを見終わって、私はしみじみ思った。

だが、二十代の新婚間もない夫婦ならともかく、六十六と五十七の夫婦が本気で喧嘩したあと抱き合って仲直りなんてあり得ない。


そんな最近の私であるが、ある日突然気分が良くなった。ウキウキと気持ちが持ちあがり、肩こりも消え、周りの人たち誰彼に親切にしてあげたくなったのだ。

その症状は、バーゲンセールで大量のお洋服を買った直後に現れた。

つまり、買い物によってストレスを発散させた効果なのだろう。私は、時々こうやって羽目をはずすことが大切なのだと、気づいた。

腹を立てていた妻が、夫から高価なバッグをプレゼントされて機嫌が直ったという話は、よく聞く。

私の場合は自分で買いまくったわけであるが、それでもなぜかわからないが買い物って気持ちがいい。

散財という行為は、女性のストレス解消にかなり効果があるのだなあ。

（初出 「本の窓」二〇一四年九・十月合併号）

十五 記憶の削除

さて、夫が「これからは毎週俺が犬のシャンプー係をする」と宣言したものの、たった一週間で約束を破ったエピソードの後日談である。その時の私の剣幕がよほど凄《すさ》まじかったのか、次の週から夫はサボることなく犬のシャンプーを続けるようになった。

八月のある日だった。午前九時、いつものように彼は愛犬リンコのシャンプーを始めた。私も手伝うので、大体十五分ぐらいで終了する。しかしその日はからりと晴れた気持ちいい夏の朝だった。

「よし、犬のシャンプーのあとはベランダと窓ガラスも掃除するぞ！」

突然、夫が言い出した。

「キミ、いつものアレ、準備して」

アレとは、私が通販で買った家庭用高圧洗浄機のことである。ホースから勢いよく噴射する水の圧力で、面白いほど汚れが落ちるのだ。しかしペンチを使って蛇口にホースを繋げだり、電源に延長コードを差し込んだりと、準備がかなり面倒なため、半年に一度ぐらいしか使用しない。

その日私は仕事も比較的暇で、何よりあまりに天気が良かったため、手伝うことにした。いざ始めると、ベランダにこびりついた苔《こけ》や泥が高圧の水の威力でどんどん落ちていくのが楽しい。普段まったく家事を手伝わない夫がこの作業だけは積極的に参加するのも、効果がすぐ出るのが快感だからなのだろう。ベランダ掃除が終わってからも、彼は嬉々として網戸と窓ガラスに水を噴射し続けた。

その間、夫のスマホがブーブーと振動音を繰り返していたことに私は気づいていたが、水遊びに熱中する彼の耳には入っていなかったようだ。

掃除が一段落したのは、十時半だった。通常十時から仕事場に入る夫はこの時点で、すでに三十分オーバーだ。

「ああ、汗びっしょりだ。さあシャワーを浴びてから仕事に行くか」

上機嫌の夫に、さっきからスマホが鳴り続けていたよと、告げた。ようやく気づいた彼がチェックすると、着信は仕事場のアシスタントからだった。折り返し電話すると、

「先生！　雑誌タイアップ取材の人が十名、十時のお約束ということで、ずっと待っています」

アシスタントの言葉に、夫は青ざめた。

「その約束、俺はまったく覚えてない！」

その時すでに、約束の時間から四十分過ぎていた。

「今からシャワーを浴びて仕事場に向かうと十一時半ぐらいになる！　一時間半も待たせてしまうことになる、どうしよう……」

結局、取材の方々に仕事場のある石神井《しやくじい》から自宅のある吉祥寺まで向かってもらうようお願いした。その間に夫はシャワーを浴び、二十分後の十一時ジャストには彼らとの取材を開始することができたのだが。

その「高圧洗浄機すっぽかし事件」から一週間後、再び夫のアシスタントから私に電話がかかってきた。

「お約束の人が見えているのに、先生がいません。まだご自宅ですか？」

今度は十五分ほどの遅刻で夫が戻ったため、来訪者と会うことができた。やはり前回と同じく「まったく忘れていた」のが原因だった。

夫の物忘れに加速がかかっている。もっとも私だって、人のことを言えたものではない。

私の仕事場は、自宅一階の一角にある。ある朝のことだ。今日は一人で漫画の下描きをする日。そう頭でスケジュールを確認してから、コーヒーを片手に自宅から仕事場に通じるドアを開けた。その時、誰もいないはずの部屋の奥に人の気配を感じたのだ。ぎょっとして中を覗《のぞ》くと、アシスタントのFさんがニコニコ笑顔で立っているではないか。

「Fさんっ！　なんでここにいるの⁉」

仕事場に入る外玄関の鍵は、ずっと彼女に渡したままだ。疑いたくないが、まさか留守中勝手に仕事場に上がり込んで……？

すると、彼女がきょとんとした表情で答えた。

「先生、今日からお仕事だっておっしゃいましたよ」

その時、

「おはようございま〜す」

もう一人のアシスタントKさんも到着した。

彼女たちに告げた仕事開始日を、私だけがすっかり忘れていただけだったのだ。人との約束だけでは、ない。財布、鍵、携帯、あらゆるものを置き忘れるし、時には昨日何をしたかの記憶すら失っている。

歳をとると物忘れがひどくなる。それは誰の身にも起こることだ。しかし半年前、脳ドックで見せられた私の脳のMRI写真はとても美しいものだった。それを見て、

「よかった。脳はどこも傷んでない」

ほっとしたものだ。

しかし一方、この物忘れのひどさはどういうわけだ。見た目に異常がなくても、脳の中で何かが起きているに違いない。

私は、推測した。メモリーカードがいっぱいになると「メモリーがいっぱいでこれ以上保存できません。古いアイテムを削除してください」という表示が現れる。つまり、脳でも同様のことが起きているのではないか。生まれてからずっと記憶がたまってゆく。それに従って、歳をとるとメモリーの空きもどんどん少なくなっていくのでは？　そのせいで年寄りは、新しいことが覚えられないのかも。

だったら脳もメモリーカードのように、古いアイテムをどんどん削除してゆけば良いのではないか。この仮説に従うと、先週ようやくガラケーをスマホに切り替えたばかりの私は新しい操作法を覚えるためにも、急いで脳に空きスペースを作らなくてはならない。

しかし、一度しみ込んだ記憶を消すことなど、とうてい無理だとすぐに気づいた。

「つらい記憶は、すぐ消去できました」

そんな人間は、本当に稀《まれ》だ。嫌なことを簡単に消去できれば、おそらくPTSD（心的外傷後ストレス障害）も消滅するであろう。その一方、心に受けた傷をテーマに偉大な文学作品も生まれている。そう考えると、記憶を消せないからこそ人間であるとも言えるのだ。

古い記憶を消去するより、老化の始まった頭に無理やり新しいことを記憶させる方がまだ容易《たやす》い気がする。人間の脳は、メモリーカードほど単純ではないのだなあ。


さて、つい先日のことである。懐かしい仲間とカラオケに行った。私が漫画家デビューした三十数年前に、担当者だった出版社の男性たちだ。彼らもまた当時は新入社員だった。私たちは同年代ということで、担当でなくなった後もずっと友人として付き合っていた。全員そろうのは五年に一度ぐらいだが、会えばあっという間に二十代の頃に戻る。青春の思い出を語り合うのはもちろんのこと、当時の失敗や現状報告にも気兼ねなく突っ込み合える遠慮のない間柄。だから彼らと会うことは、私にとって「同窓会・社会人バージョン」なのだ。

その中の一人A氏は来年定年退職である。気の合う同世代の「男の子」たちと思っていた連中が、もうそんな年代なのだ。ある者は定年退職し、またある者は役員としてこれからまだ頂上目指して働き続ける。私生活においても離婚していたり、キャリア妻を支える主夫になっていたり様々だ。

けれど、カラオケのマイクを握れば、一切関係ない。その晩は選曲を「吉田拓郎《よしだたくろう》シバリ」にして、四時間我々は歌い続けたのだった。私たちの結束の強さは、「拓郎ファン」という共通項にあったのかも。『今日までそして明日から』を全員で合唱しながら、そう思った。同じ時代に青春を過ごした仲間との、拓郎メドレー。ここ最近で一番楽しい夜だった。

そして私は気づいた。古い記憶を消し去るなんてとんでもない。思い出の中にこそ、人生の喜びがあるのだ。人間の心をメモリーカードごときに置き換えてはいけない。

古き良き思い出は大切に保存しておくことにして、では、必要な新しい記憶を脳のどこに納めようか。

そうだ、新しく覚えることを厳選すればいいのだと、私は思いついた。スマホの機能も最低限でいい。クラウドなんかいらない。フェイスブックには手を染めてしまったが、ツイッターはやめておこう。三年前に買った車の後部ワイパーの動かし方がまだわからないが、それでも良しとする。今年流行のファッションも、最新ヒット曲も、知らなくてもまったくかまわない。

その代わり、生活や生存に関わる新しい税法や国際情勢の知識は更新して脳に詰め込む。

人間関係も、新しいつき合いは制限することにする。とてつもなく面白い人に出会ったら、その人物を脳に刻むために、義理で付き合っている古い知人から消してゆくことにしよう。

カラオケの夜、

「最近のアイドルの名前、わかる？」

という話になった。

ＡＫＢ48は、全員同じ顔に見える。関ジャニ∞《エイト》も区別がつかない。戦隊ヒーローもどれが誰だか。

私は二十代の頃、

「キャンディーズの三人が同じ顔に見える？　だから六十の年寄りって……」

そう思っていた。けれど、今まさに私はその領域に足を踏み込んでいるのだ。


（初出　「本の窓」二〇一四年十一月号）

十六　今わかる、母の人生

残暑が厳しい八月の終わりのことだった。その日は特に湿度が高くて、夕方の犬の散歩を終えた私はエアコンの効いたリビングで愛犬リンコを遊ばせながら汗が引くのを待っていた。

突然、来客を知らせるインターフォンが鳴った。

「こんな時間に誰？」

不審に思いながらモニター画面を覗くと、オレンジ色の制服にヘルメット姿の男性が映っているではないか。

「お母さんが道で倒れられて、今お宅の前に停《と》めた救急車の中にいます」

私は仰天《ぎょうてん》した。男性は救急隊員だった。

「えええっ。すぐ行きます！」

勢いよく私は玄関ドアを開けた。するとその瞬間、私の足元にじゃれついていたリンコが猛スピードで家の外に飛び出してしまった。

「あああっ、リンちゃん、出ちゃダメ！　すみません、で、母は大丈夫ですか？

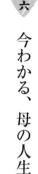

こらっリンコ！　戻りなさいっ！」

完全にパニック状態の私。

「お母さんは意識もあり、お怪我もなさそうです」

「よかった……。なら、母よりまず犬！　あわわ、リンちゃん表の通りに出ちゃダメよっ！」

「犬は押さえましたっ」

別の救急隊員が門扉の手前で捕まえてくれた。急いで犬を室内のサークルに閉じ込め、鍵と財布だけ握りしめて私は救急車に乗り込んだ。

「買い物帰りに急にふらふらして、休もうと道端の木陰に入ったとたん倒れたの」

顔色は悪いものの、母の声はしっかりしていた。

「で、しばらくして気がつき、起き上がって帰ろうとしたら通りすがりの人が『今救急車を呼びましたから、動いちゃダメです』って」

八十三歳の母は自宅から五十メートルの場所で倒れ、駆けつけた救急車の中に運び込まれて五十メートルだけ運ばれてきたのだった。見た感じ、大事はなさそうである。しかし、緊急車両をタクシー代わりに、「はい。ご苦労様。もうお帰りください」と返すわけにはいかないなあと思っていたら、救急車も一度乗せた病人は必ず病院まで連れていかなければいけない規則らしく、母と私はそのまま近くの救急病院まで連れていかれた。

その車中、タンカに横たわったままの母が私に言った。

「リンちゃんは大丈夫？『犬が出てきたぞ！　コーギーだ、仔犬《こいぬ》だ』って隊員の人が騒いでいるのが聞こえたけど」

母はいつもそうだった、と私は思い出した。二十五年前、母と私が乗っていたタクシーが別の車に追突されたことがあった。私は無傷で、母だけが脳震盪《のうしんとう》で気を失い、入院した。意識が戻った母はまず、

「私は大丈夫。それより娘は？」

と病院スタッフにきいたという。いつも自分より家族を想《おも》う人だった。

今回、搬送先の病院で検査した結果重篤な疾病もなく、暑さと疲れからきた脳貧血だろうと診断された。普段元気そうに見えても、母は確実に年老いているのだと思い知らされた一件である。


三年半前、今の場所へ引っ越してきたのをきっかけに、実母と同居を始めた。しかし当初母は頑《かたくな》に拒否した。

「介護付きの老人ホームに入るから」

そう言い続けるのを、しかし私が押し切った。父が亡くなってから十五年間ずっ

と一人暮らしの母を、心配性の私がどうしても放っておけなかったからだ。数年前のある日、突然母と連絡が取れなくなり、それだけで丸一日仕事が手につかなくなったことがあった。ただ単に私に行き先を告げずに旅行に行っていただけなのだが。

「私の心の安定のためにも、そばで一緒に暮らしてほしい」

それはもう、私のエゴ以外の何ものでもない。おそらく母はそのことに気づいていた。何せ私の母親なのだから。

「あんたが、そう言うなら」

結局母は折れて、同居が始まったのである。

母は、すぐ折れる。自分のエゴを押し通すということが、皆無の人なのだ。私は母から、ああしろこうしろと言われた記憶がない。じつは物心ついてから、叱られたことも「勉強しろ」と言われたこともほとんどないのだ。この話をすると、大概の人は驚く。私自身、自分の子供に「勉強しろ～！」と怒りまくる日々だった。

母はいつもニコニコと機嫌が良かった。料理と掃除は嫌いらしく、家は埃だらけで晩ご飯のオカズも数パターンだった。その代わり編み物や洋裁は得意で、姉と私の服はすべて母の手作りだった。ミシンを踏んでいるか、編み棒を動かしているか。そしてそれ以外の時間は、茶の間でごろんと横になってテレビを見ていた。

「なんてお気楽な人生なんだ」

私は母のようにはなりたくなかった。

私は、徳島にうずもれて人生を終えるのだけは嫌だった。そのため思春期の私は、母の生き方とは逆の方、逆の方と選択していたように思う。

けれど、最近気づいた。手抜き家事労働以外の時間を、テレビと読書と手芸につぎ込んでいた母は、じつは若い頃から理想の「老後生活」を送っていたのではないか、と。

そのきっかけは、都築響一《つづききょういち》さん著『独居老人スタイル』（筑摩書房刊）である。一人暮らしの老人ぐらい世間から憐れみを持たれている存在はない。しかし、本当にそうなのか？　この本は世間の目や評価を一切気にせず自分のスタイルを貫きマイペースで楽しそうな老人たちを、写真と文章で紹介している。

たとえば、名画座のトイレに置く、小さな箱庭のようなオブジェを作り続けている映画館の掃除係の女性。誰に見せるものでもない絵巻物語（お世辞にも達者な絵とはいえない）を延々と何十年も描き続けている高齢の男性。彼らは決して裕福ではない。しかし、何だか日々楽しそうなのだ。どうして続けるの？　という問いに、「やめることができないから」。彼らは答える。都築さんの言葉を引用しよう。

好きなものに埋もれて、ストレスもなく、煩わしい人間関係もなく、もちろん将来への不安もなく――ようするに毎日をものすごく楽しそうに暮らしてる、年齢だけちょっと多めの元気な若者なのだった。

この本に登場する老人たちはみな「アーティスト」である。といっても、アカデミックな権威とは無縁の市井《しせい》の表現者だ。彼らの作品は〈洗練〉とか〈商品価値〉とは遠い位置にあるが、しかし魂とエネルギーを感じとることができる。どうしてもこれを作りたかったんだ、という無垢なエネルギーを。

認められたい、とか評価されたいとか考えるからストレスがたまるのだ。そういうことから解放されて、己の魂のおもむくままに表現活動すること。それが人間にとってじつは一番幸せなのではないだろうか。この本を読み終えて、私はそんな風に感じた。

そしてそれは芸術分野に限ったことではない。人はあらゆる分野で〈職人〉になればいいのだ。雑念なく、熱心に取り組むこと。自分にとっての最高を目指すこと。その時間はきっと、人の脳と心を浄《きよ》めてくれるはずである。

母の話に戻ろう。母が制作した膨大な手芸作品は、緻密でプロに近い技術だった。

しかしデザインセンスが乏しかったので、オリジナル作品を発表するアーティストにはなれなかった。けれど人の悪口を一切言わず、他人に対して妬み・ひがみをまったく持たず、埃のたまった家で黙々と手を動かし続けた彼女は、見上げた職人だったのだなあと、ようやく私は気づいたのである。

さて、つい先日のことだ。夜のエサを与えた直後から急に犬が嘔吐《おうと》を始めた。胃の中の物すべて吐き出し、泡状の胃液を口の端からだらだらと垂《た》らし続けているではないか。ゼイゼイと苦しそうな息づかいのリンコを見た私は、慌てて行きつけの動物病院に電話した。午後八時過ぎで通常の診察時間はとっくに終わっていたが、時間外でこれからすぐ診ましょうと獣医師は言ってくれた。

電話を切るや、

「おばあちゃん、リンコを抱いて車に乗って！」

私は母を呼んだ。病院まで運転は私だが、後部座席に弱ったリンコだけ乗せるわけにはいかない。

「リンちゃんより、私が病院に連れていってもらいたいぐらいだよ」

そうぶつぶつ言いながらも、母は犬を抱いて乗り込んでくれた。

診察結果は、単なる食べすぎによる嘔吐だった。胃腸の動きを良くする注射を一本打ってもらい、私たちは帰った。

あとで冷静に考えると、母の言う通りであった。八十三歳の老母を、犬の診療のために夜間連れ出すなんて、鬼娘もいいところではないか。しかし、母の前ではいつも頼って甘えてしまう。漫画の連載を何本も抱えていた三十代の頃、私に代わって子供の面倒を見てくれたのは母である。その恩返しに、彼女の老後は私が見ようと決心したつもりが、じつはまだ母を頼っている。多少文句を言いながらも、結局は折れてくれる母。最近は目が悪くなり、手芸もやめてしまった。その代わり、私が敬老の日にプレゼントしたキンドルでゲームに熱中している。

「いいところまで行くのに、どうしてもその先に行けないの。欲しいアイテムがあるのだけど、課金は怖いしね」

楽しい老人生活を送っているようである。

（初出 「本の窓」二〇一四年十二月号）

十七 ガン細胞が見つかりました【前編】

同い年の別々の友人から、同じ時期に同じ内容のメールが届いた。

「検診を受けたら、要再検査箇所が見つかりました。ガンかもしれません」

大学時代の友人A子は肺に影が映《うつ》り、十五年来のママ友B子は胃と乳房がひっかかったと言う。

私は二人に、まったく同じ文面を返信した。

「私も以前、区の乳ガン検診を受けたところ、右乳房に直径一センチの影が映り、至急再検査するように言われました。が、精密検査の結果ガンではありませんでした。そういうことも多いので、検診で見つかった影に恐れることはありません」

七年前のことだった。五十歳になった節目に、私は練馬《ねりま》区の無料乳ガン検診を受けることにした。それまでまったくそういうものは受けたことがなかったのだが、姉が四十代で乳ガンにかかったこともあり、念のためという気持ちになったのだ。軽い気持ちで指定された近所の病院に行き、機械による検査と医師の触診を受けた。

その一週間後。私は検査結果を聞くため、再びその病院を訪れた。窓口で名を告げると、受付の女性はそっと、伏し目がちに封筒を差し出した。少し不安を感じつつ家に持ち帰り、さっそくそれを開封してみると、「至急再検査を要する・危険度C」の文字が、私の目に飛び込んできた。

胸部に映った直径一センチの影。問診票に書き込んだ「祖母が子宮ガン・姉が乳ガンを経験」という家族の病歴も、危険度をさらにアップしたみたいだった。

一瞬血の気が引き、それから私は慌てふためいた。

「さっき受付の人が私の視線を避けたのは、お気の毒にというサインだったのかも。つまり私は手遅れってこと⁉」

落ち着け、私。そう自分に言い聞かせて気を取り直し、まず知り合いの女医さんに電話した。彼女の専門は皮膚科だが、東大医学部を出ているので名医を紹介してくれそうな気がしたのだ。電話に出た彼女に事情を説明すると、

「大丈夫よ、サイモンさん。東京一の乳腺専門医を紹介するから。それに万が一乳ガンでも、今は早期発見なら九割以上助かるから心配ないわよ」

力強く励ましてくれたのだった。

翌日、さっそく私は彼女に教えてもらった病院に連絡し、一番早い日程で予約を入れた。

それからインターネット検索で、乳ガンの症状、治療法、生存率を私は調べまくった。直径一センチだとステージⅠかⅡだろう。しかしリンパ節に転移していると、大きさに関係なく生存率が下がるみたいだ。ああ、私死ぬのかしら？　いやしかし、四十代前半で乳ガンにかかった実姉は手術後十年が過ぎた今も、転移もなくぴんぴんしているではないか。ならばきっと大丈夫。乳房のひとつやふたつ、ええぃ、くれてやる！

予約を入れた日から診察日までの数日間、私の頭の中をいろんな言葉（良いことも悪いことも）が、ぐるぐる駆け巡り続けたのだった。

紹介された病院は、東京駅に近いビルの中にある乳腺専門外来だった。女医の先生一人に、スタッフも女性ばかりで五〜六名。完全予約制なのだが、訪ねてみて驚いた。待合室には、溢れんばかりの女性が診察を待っていたのだ。十四、五名もいただろうか。

「これらみな、乳ガン患者、もしくはそのおそれがある人たちなのね」

若い人は、おそらく二十代。年配だと六十代ぐらいだろうか。痩せた人も太った人もいる。年代、体形にかかわらず、かかる人はかかるのだなあ、と思う。

名前を呼ばれ、私は診察室の中に入った。「確かに、何か映っているわねえ」

胸のレントゲン写真を見て先生が言った。私と同年代の女医さんだ。

しかし触診では何も触れず、エコー（超音波）診断でも異常が映らない。

「あらっ、おかしいわね」

普通ならそこから影の部分に注射針を刺して細胞を採取する細胞診に進み、病理検査となるのだが、今回の箇所が鎖骨のちょうど真下あたりで注射針が刺せないと言う。

そこで別の日に、MRI検査を受けることにした。造影剤を点滴し、撮影をする。悪性腫瘍が体内にあれば、その部分の画像に色が付くと説明された。すると、それでも異常なしとなったのだ。

「おかしいわ、おかしいわね。だって、確かにレントゲンには何か映ってるのよ。一体何なの！」

その結果を見て、再び彼女は叫んだ。年間千人近い患者を診察し、乳ガンで亡くなる人をこの世からなくすことを使命としている志の高い女医さんなのだ。東京一の乳腺専門医を自負する彼女にとって、理解できない症例が存在することが許せないみたいだった。あのう患者である私が命拾いしたんだからもういいのでは？

「ガンではない、何かがあるってことで、しばらく様子を見ましょう」

しぶしぶ彼女は私に告げた。

その半年後、再び診察を受けた私は、〈影〉が大きくなっていないことからこれは良性の何かだというお墨付《すみつ》きを先生からいただいた。

「でも念のため、一年に一回は検診を受けましょうね」

先生のこの言葉のあと、病院の玄関を出た私はビルの間からのぞく空を見上げた。

「空がこんなに青いとは！」

体中から力が抜け、ふうっと吸い込まれそうな気分になった。再検査が必要と告げられてからその日まで、天気のことなんか考えたこともなかったのだ。長い間頭にのしかかっていた重しがようやく取れた気分になり、足取りも軽く私は家路についた。


過ぎ去ってしまえば、笑い話である。

「再検査って言われて、びびってねえ」

私は笑いながら伝え、

「そうよ、サイモンさんがガンになるはずないわよ」

友人たちも答えた。


その一年後、再び触診、エコー、レントゲンの検査を受けた。

「相変わらずレントゲンには謎の影が映ってるけど一ミリも大きくなっていないから、安心していいわね」

その正体がつかめないことが、女医さんには少し悔しい様子だったけれど。

次の一年も異常なし。

さらに、一年後。今から四年前、私が五十三歳の夏のことである。

「今年もまた検診の時期かあ。面倒くさいなあ。でもまあ、行くか」

安心しきっていた私はタカをくくって通常の検診を受けた。すると、

「例の謎の影は、いつもの大きさだし、心配ないわね。ただ、今回左胸のここにね」

そう言って女医さんはレントゲン画像のある一点を指さした。

「去年は映ってなかったものが、今回映ってるの。こういう時って悪い物の可能性が高いのよ」

え？　悪い物って、つまり悪性腫瘍ってことですか？　私はドキドキした。

「でもまあ、胸を強く打って内出血した後がこんな風に映ることもあるから」

いえ先生、私この一年、左胸を強打したことなんかありません。

「念のため、細胞診しますね。採取しやすい場所にあるし」

そう言って、先生は長い注射針をぶすりと私の左胸に突き刺した。

何だかいやあな予感がした。なぜだかわからないが、前回の再検査の時よりもず

っと嫌な感じがしたのだ。

二週間後に、細胞診の検査結果が出ると言われた。ちょうどその日私は漫画の締切で病院まで行くことができないと言うと、それなら電話で結果を教えます、と告げられた。

親しい友人数名と夫にだけ、

「胸にまた何かが映って、細胞診したの」

と伝えた。前と同じように何でもないよと、全員同じ答えを返してきた。

結果が出るまでの二週間が、とても長く感じられた。ちょうど夏休みだったので、五日ばかり友人たちと八ヶ岳《やつがたけ》の別荘で過ごす予定が入っていた。ドライブしたりアウトレットで買い物をしたりと楽しく過ごしていたのだが、やはり何かが心にひっかかっていた。

休暇が終わり、私は連載漫画の作画に取りかかった。この作品の締切日が、まさに検査結果を聞く日だったのだ。

原稿は夕方アップした。それを取りに来た編集者に渡し、仕事場を片付け、指定された午後八時を待った。

時間通り、病院に電話した。私が名乗ると、女医さんは、あっ、と小さい声を上げ、それからおもむろにこう告げた。

「ガン細胞が、見つかりました」

はあっ？

「細胞診の結果、ガン細胞が見つかりました。病理の先生二名に見てもらい、セカンドオピニオンもとってありますから、間違いありません」

女医さんはきっぱりと言い放ち、私の頭からは血の気が引いていった。

「でもまあ、本当に初期ですから。手術で取ってしまえば多分問題ないでしょう」

ガンにかかった人間はみな、何で自分が？　と思うらしい。

しかしその時私は、「やっぱりなあ」と、妙に納得していた。その数年前に予習していたからだ。

納得はしていたものの臆病な私は、こんなことなら検診なんか受けるんじゃなかったと、意味不明な逆ギレで自分に向かって毒づき続けていたのだった。

（初出　「本の窓」二〇一五年一月号）

十八　ガン細胞が見つかりました【後編】

今や日本人の二人に一人がガンにかかる時代である。そのような報道をいくら目にしても、

「自分は、かからない方の一人だろう」

そんな風に思い込んでいる人が多いのではなかろうか。

私がまさしく、そうであった。父方の祖母が子宮ガン、実姉が乳ガンであったにもかかわらず、私は強運だから大丈夫だろうと根拠もなく思い込んでいたのだ。しかしまあ今回、検診でごく初期の腫瘍が見つかったのだから、やはり強運と言えるのだろう。

二〇一〇年九月十六日に乳ガン宣告を受け十月二十七日に手術を受けるまでの一か月余り、私の感情は恐怖→逃避→楽観→悲嘆を繰り返していた。

恐怖は、まず死の恐怖。次に、手術の恐怖。そして最後に乳房を失う恐怖、である。漫画家は人一倍妄想力が強い。なので、悪いことを考え始めると、止まらないのである。

幸いなことに、九月二十二日から二十九日まで雑誌の取材でオーストラリア旅行の予定が入っていた。そこに私は「逃避」した。編集者、カメラマン、現地案内人らとワイワイ楽しく一週間過ごし、その間は確かに恐怖を忘れていた。

帰国してしばらくは旅の余韻で、

「まあ何とかなるさ」

と楽観的気分が占めていたのだが、時間が経つと、再び重苦しい気分が襲ってきた。以降手術当日までひと月余り、短い周期で感情のアップダウンを繰り返したのだった。

手術の前日に、入院。個室だったが、古い建物のせいで隣室のオジサンの唸《うな》り声がまる聞こえであった。さらに、道路からは夜間工事の音がダダダと響く。が、この賑やかさが逆に気を紛らわせてくれて私には救いであった。ひと晩を過ごし、そしてついに、手術当日となった。執刀は私のガンを発見したあの女医さんだ。それと麻酔医、ナースが二名ほどの小チームである。

「では、点滴を始めますね」

私の左腕に点滴の針が刺さり、何やら薬剤が注入され始めた。栄養剤か生理食塩水なのかなあ、冷たい……。

と、思った瞬間、私は再び病室に戻っていた。点滴は麻酔薬だったのだ。

本当に、瞬間移動したのかと思った。眠りにつくのとはまったく違う感覚だった。麻酔は口と鼻から吸入するものだとてっきり思い込んでいたため、油断していたのだ。意識が飛ぶとは、こういうことなのか。

目を開けることはできなかったが、そこが私の個室だということははっきり認識できた。すると、息子の声が聞こえてきた。

「おばあちゃん、友達と約束があるから僕、もう行くね」

手術には、当時八十歳の母と二十四歳の息子が付き添ってくれた。夫は前から入っていた講演のため地方に行っていて不在。まあ、そういう男なのである。

――あら、もう行くの？　リュウちゃん。うん、もう時間だから。そんな二人のやり取りを耳にした私は力を振り絞ってまぶたをこじ開け、叫んだ。

「リュウちゃん、待って!!（薄情すぎるぞ息子）」

「あ、お母さん、起きた？」

私は点滴に繋がれていない方の腕を息子の前に差し出した。

「リュウちゃん。手、握って」

すると息子はちょっと困ったような表情で、それでもちゃんと手を握ってくれた。

人肌のぬくもりが確かに伝わってきて、私は生きていることを実感した。

「じゃあね。バイバイ」

母は生の喜びを嚙みしめているというのに、息子はそんな私を置き去りに普段通りの挨拶で出ていったのである。

術後は傷痕が相当痛むからと経験者から脅されていたのだが、その夜は鎮痛剤のおかげでさほどでもなかった。水分が取れず唇と舌がカラカラなことと、それより何より肉体がヘトヘトに疲れていたことの方がつらかった。全身麻酔の手術って、驚くほど疲れるものなのだ。

翌日は、会社を早退した娘が見舞いに来てくれた。

「漫画の本がたくさんあるね？」

入院中の時間つぶしに、気楽に読めるギャグ漫画を持ってくるよう息子に頼んであったのだ。

ところが、彼が持ってきたのは『テルマエ・ロマエ』である。面白いのだが、吹き出しの字が細かすぎて、とても読み続けられない。

私はこの日も疲れが取れず、メールすることすらできなかった（携帯持ち込み可の病院だった）。そこで娘と病室のテレビを見て過ごした。たわいないバラエティ番組が流れていた。〈みかんを投げると最高で時速何キロ出せる？〉。こういう馬鹿馬鹿しいぐらいなのが、ちょうどいい。

娘が帰ると、病室にぽつんと一人残された。

「手術は無事すんだけれど、摘出した腫瘍の病理検査がわかるまでは安心できないな」

相変わらず疲れてヘトヘト状態の私は、目を閉じて考えていた。

「細胞に進行性の性質《たち》の悪いものが含まれていたら、たとえ初期でも死にいたるらしい。でもまあ、子供たちももう社会人だし、描きたい漫画も描いたし、もう死んでもいいかなあ」

その時ふと目を開けて、テレビの方を見た。先ほどのバラエティ番組では、タレントがカラオケでお気に入りの歌を競い合うコーナーになっていた。

「ジギーの『グロリア』歌います！」

女芸人のいとうあさこさんが叫んだ。

「ドラマ『同・級・生』の主題歌。原作・柴門ふみ！　我ら柴門世代、イエィ！」

そしてジャカジャーンと、前奏が流れ始めた。

その瞬間、

「生きなきゃ！」

私は思ったのだ。こんな私を、覚えていてくれる人がいるなんて。加えて、八十歳を過ぎた母を悲しませてはいけない。頼りないけど心配してくれる二人の子供たちもいる。これらの人たちのためにも、生きなきゃ。私は強く思ったのである。入院中一回しか見舞いに来なかった夫のことは、まあどうでもいい。

十一月二日に退院し、十二月三日からは、放射線治療が始まった。おっぱいをポロンと出して毎日放射線を照射するのだ。二十七回コース終了後は、左乳房が煤《すす》けたように黒ずんだ。被ばくしたのだから仕方ない。

病理検査の結果、私のガン細胞は薬が有効なタイプだったため、今後五年間、処方された薬を飲み続ければ、再発の心配はまずないでしょうという診断が下った。それでひとまず、私の乳ガン騒動は一件落着となったのである。

ガンと診断が下った瞬間は、自分の不運を嘆いた。けれど、摘出された腫瘍がわずか四ミリであったこと（そのため傷痕もほとんど目立たない）。手術の一年前に、それまで入っていた保険を「ガン特約」付きに切り替えていたため、多額の保険・見舞金が入ったこと。これらを考えると、むしろラッキーと言っていいのではないか。

病室で偶然、いとうあさこさんの言葉を聞くことができたのも、神様からのメッセージかもしれない。

ガンは、遺伝子のコピーミスから起こる。遺伝子が毎日膨大なコピーを繰り返すことで細胞は増殖してゆく。しかし、遺伝子が傷つくとそのコピーをミスし、結果ガン細胞となる仕組らしい。その遺伝子を傷つける要因は、たとえば発ガン物質であったり、精神的ストレスだったりする。けれど最大のものはじつは〈老化〉なのだと、私は主治医から告げられた。

「歳をとると、それだけコピー回数も増えるから、傷もつきやすくなるのよ」

なるほど。平均寿命の延びた日本人は、それゆえガンにかかるリスクも上がったのか。

近年、日本人にガンが増えたのは、長生きするようになったためであろう。それ以前はガンを発症する前に別の疾患、あるいは戦争、あるいは難産等で早死にしていたと思われる。

二人に一人がガンになるとして、私は初期の乳ガンをクリアしたので、これで無罪放免かと思いきや、

「ガンができやすい体質なのだと用心した方がいいですね。左胸の乳ガンは摘出しましたが、右に新しいのができるかもしれませんし。実際、怪しい影（乳腺の石灰化）がいくつか映っています」

またしても医師から釘を刺された。

老化は、これはもう防ぎようがない。なので、長生きするためにそれ以外の危険因子をなるべく少なくしようと私は心に決めた。

タバコは吸わないし、お酒もほとんど飲まないので、肺ガン・肝臓ガンのリスクは少ない方だろう。肉の食べすぎ、塩分の取りすぎには気をつけて、早寝早起きの規則正しい生活を行おう。要するに、充分寝て、きちんと食べて、ちゃんと運動することなのだ。そんなことぐらい、随分前からわかっていた。でも、「まさか私がガンになるはずない」とタカをくって、ずっと実行せずにいたのだ。

そんな私に、神様が与えてくれたのが愛犬である。朝夕二回の散歩は、早寝早起きを習慣づけてくれた。何より、愛しいリンコを撫《な》でるだけでストレスが癒されるのだ。

乳ガン手術から、ちょうど四年が過ぎた。もしまた新たなガンが見つかったら、「まずはリンコのために生きなきゃ」

となるはずである。

（初出　「本の窓」二〇一五年二月号）

GLo~ria

十九　これって死語なの？

　二か月ほど前に試着してみて気に入ったものの、買わずに保留にしておいたジーンズをやっぱり欲しいと思い直し、ショップに出向いた。

「あのう、以前にお店で試着したジーンズですけど……」

　入り口に一番近いところに立っていた若い店員さんに声をかけた。

「……」

　ところが、彼女は無言のままなのだ。

「春物の、ジーパンです」

　私は慌てて言い直してみた。すると、店の奥から店長らしきもう少し年長の女性（と言ってもせいぜい三十歳）が出てきて私に向かいこう言った。

「ああ、デニムですね？　申し訳ありません。完売いたしました」

　ジーンズ、ジーパンでは、もはや今のギャルたちに通じないのか？　私は衝撃を覚えた。しかし、ジージャンはやっぱりジー（ンズ）ジャン（パー）と呼ぶわけで。だったらデニジャンにしろよと、私は心の中で毒づいたのだった。

近年、意味と使い方の変化が著しい外来語が増えている。一番困るのが「パンツ」である。そう、ズボンの「パンツ」と下着の「パンツ」。

たとえば病院の検査で服を脱げと言われた時、

「パンツは、穿いたままでいいのですか？」と質問したとしよう。すると近い将来、

「パンツは穿いたままで結構ですがパンツは脱いでください」

そんなまるで一休さんのとんち話のような答えが返ってくるのではないか？　前者は下着の「パンツ」で、後者はズボンの「パンツ」なのが種明かしである。

外来語だけではない。「まじ超ヤバいっす」「超ウケるんですけどー」「ムリムリムリ。超アリ得なくない？」これらは、今の若者たちが頻繁に用いるフレーズである。「超」は元々「超える」意味合いだったのが、近頃は強調するために何にでも用いる。私は、その用い方の発端は漫画『ドラゴンボール』の超《スーパー》サイヤ人だと思っている。少なくともそれ以前には、「超」は「超特急」「超能力」ぐらいにしか使われていなかったからだ。今や「超」の下に続く言葉は名詞でも動詞でも形容詞でも構わない。超万能の飾り言葉なのだ。それが日本語の乱れなのか進化なのかは、歴史の判断を待つしかない。

突然ですが、私は俳句を始めました。某カルチャーセンターの通信教育講座に申

し込み、毎月一回俳句を二句送り添削してもらっているのだ。

会費を払い六か月コースを申し込んだところ、すぐに教材が届いた。この一冊を読めば二十週間で素人も俳句が詠《よ》めるようになります、という謳《うた》い文句の教科書だ。

その本の冒頭で、
●俳句は口語ではなく古語を使うこと
と書かれていた。

私は当初、それが納得いかなかった。現代に生きる我々が今の口語を使って何が悪いのか、と。しかし先のデニムの例でもわかるように、現代口語は目まぐるしく変化をしている。そのため数年で意味合いが違ったり、使われない死語になったりしていて、これでは確かに数十年後の鑑賞に堪えられない。一方、古語は、今の段階ですでに古びていて意味も確定されているので、数十年先でも同じ鑑賞ができるはずだ。

古びないためには、すでに古くなった言葉を用いること。つまり、そういうことなのだろう。中途半端に古い言葉が一番よろしくない。当然、ジーパンやリンス（現在ではコンディショナーと呼ぶのが一般的）といったすでに消えつつある外来語も俳句では使わない方がいいのだ。

俳句は、五・七・五の十七文字でひとつの世界を作り上げなければいけない。パズルのように音とイメージを組み合わせる。なので、おのずと言葉に関する感覚が研ぎ澄まされるというものなのだ。

さて、なぜ私が突然俳句の通信講座を受ける気になったのか。それは、犬を飼い始めたからである。犬の散歩のため、一日二回、朝と夕方に井の頭公園を散歩するようになった。すると、否でも応でも自然の移り変わりに気づくようになるというもの。やがて、

「この風景を俳句で詠めればいいなあ」

そう考えるようになっていた。

その以前からも、多少は興味があった。けれどたまにテレビで俳句番組を見ても、どの句が素晴らしくてどれが駄目なのかすら、さっぱりわからなかった。

「これはもう、基礎からやるしかない」

そう考え始めた時、たまたま新聞で「初心者からの俳句通信講座」の広告を見つけたのである。さっそく私は本名で申し込んだ。もちろん、職業も隠して。五十八歳・主婦。子供たちも独立し、前から俳句に興味があったので申し込みました——自己紹介欄にはそう書き記した。

とりあえず教本をざっと読んだところ、私の目からたくさんのうろこが落ちた。前述の「古語を用いるべし」もそうであるが、「上五《かみご》と、中七《なかしち》・下五《しもご》はまったくべ

つの事を詠むのが俳句の基本」という教えも、学校の国語の時間には習わなかったことである。

第一回目の提出期限がやってきた。私も、一応プロの文筆家の端くれである。ちょっと気取った句を二句送ってみた。

上五に季語プラス「や」の切れ字を用い、中七・下五でひとつのフレーズを詠み、そして下五は名詞止めにすること、が課題であった。私が作ったのは、

枯蔦《かれつた》や　誰かに届く　独りごと

この句に送られてきた添削は以下である。

(少し観念的になってしまいましたね。フレーズでは物や情景を描写しましょう。たとえば、

枯蔦や　ひとり歩ける　屋敷町)

確かに、添削された句の方がずっといい。続けて私が作ったもう一句。

寒菊《かんぎく》や　われしか知らぬ　誕生日

添削
（この句も、〈われしか知らぬ〉が観念的です。
寒菊や　ひとり祝へる　誕生日
とすれば、すっきりするでしょう。フレーズで何かを描く、を心がけてください）
うーむ、なるほど……。添削されると頭がどんどん整理され、同時に私の生来の負けん気が頭をもたげてきた。そしてひと月後の講座第二回目、気合いを入れて作ったのが次の句である。
水仙《すいせん》や　風にざざめく　池の面《おも》
添削
（とてもよい取り合わせですし形も安定感があり申し分のない句です。「ざざめく」「面」の古語の使い方もレベルの高いものとなっています。感心いたしました）
もう一句。
春待つや　舗道に長く　影法師《かげぼうし》

添削
（この句も素晴らしい作品に仕上がりました。季節感あふれる景です。この調子で次にお進みください）

私が得意満面だったのは言うまでもない。いやしかし、これが実は先方の策略なのでは？　第一回目はけなし、二回目で褒める。するとけなし続け、褒め続けよりも受講者のやる気も出るというもの。つまり私は、相手の思う壺《つぼ》にすっぽりはまったのでは？　この講座は六か月でひとコースの前期が終わる。あまりに酷評され続ければ、後期コースを申し込むのを躊躇《ちゆうちょ》してしまうかも。それを避けるため、二回に一回は褒めるのでは……？　漫画家特有のうがった見方かしら。
しかし、変化は着実に表れた。自分で句を作り始めたところ、他の作品を鑑賞する目も肥えてきたのだ。歳時記に記載されている名句が、やはり名句であるとわかるようになってきた。

夏帯《なつおび》や泣かぬ女となりて老ゆ　鈴木真砂女《すずきまさじょ》
水仙やカルテ一葉《いちよう》死へ急ぐ　川畑火川《かわばたかせん》

このような句が詠みたいのだ、私も。けれど送られて来た初心者用教本には、「千句詠んでみて、ようやく俳句というものがわかるようになるでしょう」とある。千句……。私は気が遠くなった。しかし、一日三句作れば一年三百六十五日で千九十五句となる。よし、やってみるか。

俳句を始めた人が句会に参加したり、新聞・雑誌に投稿する気持ちが私にもわかってきた。作ったらやはり人に見せたいものなのである。先日林真理子《はやしまりこ》さんが、雑誌対談のため豆菓子を持ってウチにやってきた。私が俳句を始めたと伝えたところ、「いいわね。私もやりたい。二人で句会を開きましょう」

という話になった。

その日、彼女に送った私の一句である。春の嵐が吹き荒れていた日だったので、

春あらし　友の土産の　豆喰《く》らう

後日送られてきた雑誌を見ると、林さんもこの句を対談後記で取り上げてくれていた。句会の約束はまだ果たされていないけど。

（初出　「本の窓」二〇一五年六月号）

二十 自分史アルバム

何度も言うようだが、本当に近頃、物忘れに拍車がかかっている。特にここ数年の記憶が怪しい。たとえば印象的な事件、AとBを思い出したとして、どちらがより過去の出来事だったのかが判別つかないのである。

物忘れ・言葉忘れが中年以降右肩上がりに増えていることは自覚していたが、自分の過去の出来事に関してだけはまだ、自信を持っていた。昔のことについて取材を受けてもきちんと受け答えができ、

「よくまあ、そんな昔のことを覚えていますね」

そうたびたび驚かれたものだった。

しかしそれすらも、崩れ始めているのだ。

子供が小さい時は、

「これは、長女が幼稚園の年長さんだった時のこと。あれは、長男が小四だった年だわ」

そんな風に、子供の学年になぞらえて思い出せたものである。しかし、子供たちが大学を卒業して以降は、すべての出来事が整理されないまま、私の頭の中でごちゃごちゃに投げ込まれたまま放置されている。

これがいけないのではないか？

モノがぐちゃぐちゃのゴミ部屋でいくら探し物をしても、まず見つからない。けれど、整理整頓されタグと番号のついた棚があると、お目当ての品はすぐ見つかる。

そこで私はさっそく作業にとりかかった。

まずパソコンの写真ファイルを開き、デジカメから取り込んだ大量の写真を整理整頓することを開始した。無印良品で見つけた台紙十枚（つまり二十ページ）のアルバムに、年数をタイトルとして（たとえば〈二〇一四年〉）つける。するとLサイズの写真だと一ページに三枚、二十ページだと計六十枚の写真が、そのアルバムに収まることになる。一月から順に写真を貼ってゆき、十二月で終了。ページが余っていてもそのままにしておく。逆に大量の写真が溢れている年だと、六十枚を厳選するのだ。そうやれば一目でその年の流れが大体はつかめるというものだ。そのようにして、写真による自分史年表を作成することにしたのである。

以前からずっとこの作業をやろうと思っていた。ようやく本気で取り組んだところ、今年のＧＷ《ゴールデンウイーク》はほぼそれだけで終わってしまった。しかも仕上がったのは、二〇一二〜二〇一四年のわずか三冊だけだった。それでもやってみてよかった、と私はつくづく思った。というのは、最近こんな事件があったからだ。

四年半前の二〇一〇年に乳ガン手術を受けている私に、その体験をエッセイコミックにしませんかという依頼があった。検診による早期発見の大切さが読者に伝わればと思い、私はその仕事を引き受けた。しかし四〜五年前といえば、もっとも記憶が飛んでいる時期である。そこで当時のスケジュール表のメモを頼りに、思い出しながら描くことにした。

検診で初期の乳ガンが見つかり、手術までのもんもんとする日々を軽いタッチで表現した。編集者との打ち合わせ段階の絵コンテでは問題がなかった。完成原稿の受け渡し時に再び担当編集者にチェックしてもらい、それで無事入稿となるはずだった。

が、直後担当から慌てた声で連絡が入った。

「サイモンさん、今校閲からチェックが入りました。サイモンさんが手術直前に、観光大使任命式出席のため故郷徳島に戻った漫画のコマがありますが、調べたところ、任命式は手術の翌々年二〇一二年です！」

徳島新聞の記事が残っているので間違いない、と彼は言う。けれど、私の二〇一〇年のスケジュール表には「徳島でイベント」と確かに書かれている。記憶をたどった。私が帰徳するたびに集まってくれる友人たちの顔。任命式の前夜、彼らが開いてくれたプチ同窓会の会場も思い出せた。なのに、なぜ年度を間違えている……？

何か手がかりはないかと仕事机の引き出しをあさったところ、二〇一〇年秋に撮られた一枚の写真が出てきた。全国最年少で地元銀行の頭取になった同級生のO君との記念写真である。すると突然、記憶がするすると蘇った。二〇一〇年秋は、新刊のサイン会とトークショーのため徳島に帰ったのだ。そしてその時、連絡をくれたO君と三十年ぶりに再会した。徳島には、時々帰る。そのたびに集まってくれる友人はいつも同じ顔ぶれだ。なので、その帰徳の順番がごっちゃになっても気づかない。同じことの繰り返しだと人の記憶能力は衰える一方なのだ。O君と徳島で会ったのはその一回きりだったため、その特殊な出来事をきっかけに記憶が引き出されたのである。

結果、私は自分の記憶違いを謝り、大急ぎで一コマ描き直したのである。

ところで、このように一年一冊ペースで自分史アルバムを作るとなると、五十八冊で私の人生が語れることになるのか。いや、違う。私がハタチまでのアルバムは、三冊しかない。昔は写真というものは貴重で、めったに撮らなかった。大学時代ですら、一冊しかない。急速に写真が増えるのが一九八〇年代に入ってからだ。レンズ付きフィルムの「写《うつ》ルンです」が普及したおかげかもしれない。

今回のアルバムは記録のためなので、どんなにブスに写っていようとまず出来事最優先で写真を選んだ。以前私はアルバムに貼る写真を、自分の写りが良いものを最優先にしていた。しかし、自分のための、自分しか見ないアルバムだから、これで良しなのだ。

さて先日、三月に亡くなった叔母の四十九日の法要のため私は、日帰りで大阪に向かった。母の妹にあたる彼女はこの数年、小脳萎縮という難病に侵されていた。末端から筋肉がマヒしてゆく、原因不明で治療法がない病だ。まず歩けなくなり、次に腕が上がらず、最後は言葉も喋れなくなっていた。そんな叔母を娘である私の従姉妹《いとこ》が自宅でずっと介護していたのだが、最期は肺炎にかかり、七十九歳で亡くなった。

従姉妹は、姉の方が私と同じ年で、妹の方は三歳下である。幼い頃は三人姉妹のように仲良くじゃれあって過ごしていた。看取《みと》ったのは妹の方である。告別式には参列できなかったので、私が彼女たちに会うのはほぼ二十年ぶりであった。

この姉妹は、私と違って本当に性格が良い。こんなエピソードがある。妹娘と私は遊んでいた。私は小学校一年か二年だった。「これをはずして」と妹娘が知恵の輪を差し出した。私は一生懸命はずそうとしたが、どうしてもできない。やがて妹娘は呆《あき》れたような顔をしてその場を立ち去った。そこへ姉娘がやってきた。妹娘にはずしてと言われたけどできなかったと、私は彼女に知恵の輪を見せた。すると、姉娘はいとも簡単にそれをはずした。「あ、なんだそうやれば良かったんだ、……」いつも優等生の彼女を私は羨んだ。そこへ、妹娘が戻ってきて、はずれている知恵の輪を発見した。「あ、はずれてる！」「じゅんちゃん（私の本名）がはずしてくれたんよ」そう言って姉娘は私にウィンクをした。妹娘は姉の言葉を信じて「ありがとう、じゅんちゃん」私に礼を言ったのだった。

この一件以来、私は従姉妹たちに頭が上がらない。もっともこのネタを以前エッセイに書いたところ、

「これ、ウチらのこと！」

そう言って、彼女たちは友人知人に自慢して回ったらしいが。

法要は、かつて姉妹が住み、叔母が最期まで過ごした吹田《すいた》市千里山《せんりやま》の自宅で行われた。その家には、叔母が若かった頃のアルバムが残されていた。

叔母は若かりし頃、ファッションモデルをしていた。百七十センチを超える長身は六十年前の日本では珍しく、また小顔で目鼻立ちもはっきりしていたため、習いに行っていた大阪の洋裁学校でショーのモデルとしてスカウトされたのだった。デパートでのショーでポージングする叔母の写真を、私はその時初めて目にした。『産経新聞』『婦人倶楽部《クラブ》』に掲載された写真も切り抜かれ、同じアルバムに貼られていた。

アルバムは、こうでなくっちゃと私は思った。パソコン画面でスライドショーとして眺めるものではない。見開いたページに、ショーでポーズを決める叔母と、友人の後ろで恥ずかしそうに写り込んでいる叔母の、両方の写真が目に飛び込んでくる。そしてそれら写真の余白に、彼女の人生を読み解くのだ。

ひとしきりアルバムを眺めたところ、

「じゅんちゃん、ウチにはこんなものもあるのよ」

妹娘が出してきたのは、手塚治虫《てづかおさむ》先生のサイン入り色紙だった。聞けば、大阪万博の開催日にNHKが特番を組み、地元小学生代表で出演した姉娘が、同じ番組で共演した手塚先生から直《じか》にもらったものだと言う。彼女の目の前で、下書きもなくさらさらと描きあげたらしい。それはお宝ねと言って、私はその色紙をスマホで写真に撮った。

その晩東京に戻って夫に見せたところ、

「凄い！　欲しい！　何とかゆずってもらえないか連絡して」

と言い出した。そんな図々しいこと、いくら従姉妹でも頼めないと、私は拒否した。内心は私も欲しくてたまらなかったのであるが。

すると翌日、妹娘から宅配便が届いた。開けると、なんとそこには『リボンの騎士』の色紙が入っているではないか。

「私たちが持っているより、じゅんちゃんが持つ方がふさわしいと姉妹で話し合って……」

添えられた手紙には、そう綴られていた。

今にいたるまで、まこと彼女たちにはかなわないのである。

（初出　「本の窓」二〇一五年七月号）

二十一　老後田舎暮らしの悲喜こもごも

A氏は、大手マスコミを定年退職後、東北地方にある故郷と東京を行ったり来たりする生活を送っている。現在七十歳。

サラリーマンとしては有能で、役員にまで出世したA氏。仕事ができるばかりでなく、男としてもチャーミングだったので、女性にもかなりモテていた。そのせいなのかどうなのか、奥様とはずっと別居状態という噂だった。

ある日、彼がフェイスブックにアップした記事を見ていると、

「インフルエンザから生還。昨日は二十八・八度。現在、二十七・二度。やや高めですがもう大丈夫」

とあるではないか。それを受けて、フェイスブック友達からのコメントが続く。

X氏「低体温、心配です！」

Y氏「入力ミスでしょ？　三十八・二度が正しいんじゃないの」

Z氏「頭がおかしくなったのかと思いましたよ（笑）」

するとA氏が、

「俺ね、ホントに二十八度と思っている節があります。注意します」

かつての部下であるX、Y、Z氏が愛ある突っ込みを入れていた。A氏の返信も、とぼけていていい味だ。それ以来私は熱心に彼の記事をチェックするようになった。日が経ち、病から快復したA氏は、故郷の美しい海岸線の写真などをアップし始めた。せわしかった東京での現役時代に比べ、ゆったりした時間を楽しんでいるようだ。いいリタイア人生なのだなと思っていたら突然、

「○○（かつての部下）！　なんか言えよ。暇だよ」

写真もなく、いきなりのコメント。それに対して、
Z氏「わははは」

A氏「Z君、○○君が沈黙しているのが気に入らんのよ。それだけ！」

思わず私も、わははと笑ってしまった。すると間を置かず、A氏の新たなコメントが。

A氏「誰か遊んでよ！」

その時点で、深夜十二時。私も気になって仕方ない。しかしコメントは控え、その後をずっと見守っていた。が、誰一人コメントを寄せない。するとついに真夜中の二時、

A氏「すみません。もう寝ます。でも、ジジイばっかりで、つまらん！」

歳をとってから田舎で暮らしたいと思っている人は案外多いものだ。通勤ラッシュでもみくちゃにされながら、老後は自然に囲まれのんびり過ごしたいと考えているサラリーマンがかなりいるはず。

十四年前、私は八ヶ岳に家を建てた。東京の暑さに我慢できず、避暑のための山荘を持ったのだ。

「俺は岩国《いわくに》の田舎で育って、人生でもう充分自然を堪能したから、山の中の家はいらない」

夫はそう言って最初から興味を示さなかった。

私も四国徳島の育ちであるが、実家は市の中心部で、「自然に囲まれた田舎」ではなかった。喫茶店、本屋、レコード店が徒歩圏内にあり、デパートや映画館まで自転車で行けた。

なので、峰に雪を抱いて連なる南アルプスの山々を初めて目にした瞬間、

「この雄大な景色を毎日眺める暮らしがしたい！」

私は心底そう思った。四国の田舎にはうんざりしていたが、甲信越の田舎はまた別物に違いない。なぜかそう、考えたのである。そうして四十代半ばで私は、山梨

県小淵沢《こぶちざわ》に家を建てた。

　現地では、野鳥のさえずりで朝目覚める。食卓には地元産の瑞々《みずみず》しい採れたて野菜が並び、午後は木々の間を抜けて吹く風を感じながらハンモックで昼寝をする。

——確かに、家を建てた当初はそんな思い描いた通りの山の暮らしを味わうことができた。

　しかし、野鳥の中にキツツキがいたのである。夜明けとともに、私の二階寝室の壁を外側から、大音響のドリル音とともにやつらは突くのだ。やがて新築山荘の外壁には、テニスボール大の真ん丸な穴が幾つも空けられた。

　次に、軒下に巨大スズメバチの巣が出現した。そのため、庭のハンモックでの昼寝は中止となった。

　さらに油断すると庭はあっという間に雑草で覆われ、大雨のたびにエントランスは土砂まみれになった。

　結局、山荘にいるあいだ中、家の掃除とメンテナンス、害虫駆除で終わってしまうのだった。のんびりなど、できるものでない。田舎を甘く見ていたなあと、その時点でようやく私は気づいたのだった。

　八ヶ岳の家の近所に、一代で会社を興し長年社長を務めた人物がいる。六十五歳でリタイアして念願の山暮らしを始めたらしい。私の家の三倍ぐらいある巨大な建物で、ご夫婦でそこに永住していた。たまに音大出の娘さんたちが遊びに来るらしく、チェロやハープを奏でる音色が窓から流れてきた。絵に描いたような、ハイソな老後田舎暮らしのように思えた。

「若い頃からずっと一生懸命都会で働いた。だから、定年後は静かな環境で暮らすのが夢だったんですよ」

ご主人は、私に言った。人生で成功した、余裕のある紳士に見えた。

ところがこのご主人、いろいろ厄介な人物らしく、別荘管理事務所にことあるごとに文句を言い、地元の飲み屋では酔って誰かれなく議論を吹っ掛けるため出入り禁止になったという噂だった。

そういえば私の家を建築中に、屋根の雪が落ちるので雪止めをつけるように注意を受けたと、現場監督から報告を受けていた。私は気にも留めていなかったのだが。

しかし、建ててすぐの頃、遊びに来た男性編集者二人が、

「泊めていただくお礼に、庭の草を抜きますよ」

そう言ってウチの庭で作業を始めていたところ、ご主人が出てきて、

「サイモンさんの息子さんたち、ウチの敷地に落ちてきた枯れ葉も掃除しなさいよ」

彼らに指示したのだ。

編集者二人は、変わった人ですね、結局掃除やっちゃいましたけどと笑っていたが、私が一番納得いかなかったのは、当時まだ私は四十代だったのに三十代の彼らが私の息子と思われたことである。

山荘に行くのは、多くて月に二回。冬場は閉めているので、なので厄介なご近所さんに関わることもそうはなかった。


が、去年の夏のことである。愛犬リンコを連れての初めての八ヶ岳。私はさっそく犬連れで近所の散歩に出かけた。すると、それまで空地だった場所に見慣れぬバラック小屋が建っていて、その小屋の前で鎖に繋がれた大型犬が二匹、リンコを見るなり大声で吠え立て始めたのだ。驚いた私たちは足早にその場を立ち去った。家に戻ると、例の近所のご主人が待ってましたとばかりにやってきた。

「サイモンさん、大型犬と大きな犬小屋があったでしょう？」

ああ、あのバラックは犬小屋だったんですね？

「いきなり、犬のブリーダーがやってきてあそこで何頭も犬を飼い始めたんです。しかし、ここいらは別荘地として開拓された場所。そういうことが許されるでしょうか？　犬の吠え声で夜もゆっくり休めません。だから私は今、役所や関係者に抗議を申し込んでいるところなんですよ」

そう熱く語るご主人は、今までになく活《い》き活《い》きして見えた。

私としても、リンコが平和に散歩できる環境の方が有り難いわけで、よろしくお願いしますと彼に頭を下げた。クレーマーも、もろ刃の剣なのだ。時と場合によっては、力強い味方になってくれる。

彼は、静かな環境での枯れた老後を夢見て、山の生活を始めた。けれど、一代で会社を興し社長を務めた人間は、リタイア後も「社長」なのである。常に問題点を見つけては、陣頭指揮を執って解決に向かってしまう習性が染みついている。こういうタイプの人間には、田舎で静かに暮らす生活など、そもそも無理な話なのではないか。

社長や役員を務めた人たちは、あれこれ問題点を見つけて自分の意見を押し通すのが大好きなのだ。それこそが、彼らのアイデンティティである。だから、大自然を相手に静かに死ぬまでの時間を潰すことなど、土台無理ではなかろうか。

A氏のフェイスブックに戻ろう。美しい風景に添えられた彼の言葉、

「海があり、山があり、灯台もある。けれどそれ以外は、田んぼが広がるだけ。豊かで寂しい、これがわたしの故郷である」

嘘偽りのない心情だ、と思う。

定年後、夢の田舎暮らしを始めたものの結局うまくいかず、再び都会に戻る人も多いらしい。ロマンだけでは、現実問題に対処できない部分も確かにあるのだろう。それに加えて、八ヶ岳のご近所さんやA氏のように、人の上に立ち人に命令することに慣れた人間には、それ以外のことをすべて「寂しい」と感じるのではないだろうか？

結論。老後田舎暮らしを成功するためには、出世や人付き合いより自然と触れ合う方が好きで、体を動かすのをいとわない性格であること。

そして、フェイスブックで友達からコメントが届かなくても、寂しがらないこと、である。

（初出　「本の窓」二〇一五年八月号）

鹿飛出し注意
動物注意

二十二　趣味は難しい

早朝、犬を連れて近所の公園に散歩に出かけた。すると、公園入り口にパトカーが停まっていた。

夏から秋にかけてのこの時間は、ラジオ体操の人たちが大勢池の前の広場に集まる。その日も、ラジオから流れる音楽に合わせてたくさんの中高年の男女が体を動かしていた。その体操する人々の向こう側、池に面したベンチのあたりで背中に「三鷹《みたか》署」のロゴが入った服を着た警察官数名が、一人の黒人男性を取り囲んでいた。男性が英語で何やら大声でわめいている。

「×××！」

最初何を言っているか私は聞き取れなかったが、集中して耳を傾けたところ、

「俺はミュージシャンだ、公共の場でプレイして何が悪い⁉　公共の場で、ラジオのミュージックに合わせて歌い、踊るのは自由だ、正当な権利だ。俺が黒人だからか？　日本のお巡りさんは、人種差別主義者だ！」

なんと私は、男性が英語で喋っている内容が理解できたのだった。

ヒアリングが苦手な私は、今までネイティブの話す言葉がほとんど聞き取れなかった。しかし最近、聞き流すだけの英会話教材を友人から借り、散歩や電車に乗っている間ずっと聞くようにしていた。

つまりこれは、スピード○ー△×グ効果なのか？

興奮していた男性も警官になだめられて、次第に落ち着きを取り戻し、彼は連行されることもなく、笑顔で解散した。おそらく、陽気な男性が早朝大音量のラジオに合わせてレゲエか何かを歌っていたところ、それをうるさいと感じたラジオ体操の人が、警察に通報したのだろう。

帰宅した私は、さっそくこの一件を娘に報告した。

「すごいのよ、外国人の喋っている英語を聞き取れたの、あの教材のおかげで！」

「それってきっと、お巡りさんたち英語が得意じゃなかったから、その男の人がわかるようにゆっくり喋ったんだと思う。それでお母さんにも聞き取れたのよ。本場のネイティブは超早口で、まったく聞き取れないから」

つい最近ロサンゼルスに一人旅をしたばかりの娘が、そう言って私を制した。

そういえば、男性の会話には、

「ジャパニーズオマワリサン、レイシスト！」

そんなお笑いタレントの厚切《あつぎ》りジェイソンみたいなフレーズもあった。確かに日本人に通じやすく工夫してあったのかも。そうか、そんな簡単に英会話をマスターできるわけないか。

「人生でやり残したことを、やろう」

五十五歳を過ぎた頃、私はこんなスローガンを掲げた。そして犬を飼ったり俳句の通信添削を申し込んだり、これまでにないチャレンジを始めたのである。聞き流す英会話も、その一環であった。私だってイシカワリョウ君のようにペラペラ英語を喋りたい。しかし、全教材をそろえても三日坊主かもしれないと私は考え、友人に一部借りてお試しレッスンを始めたのだ。

この教材では、まず英語の会話が流れ、そのあとすぐに日本語訳が流れる。なるほど、わかりやすい。しかも、「空港で荷物を紛失したら」とか「NYで住まいを探す」といったシチュエーション別の会話なので、ストーリーがあって面白い。

This is a penよりはずっと興味がそそられる内容だ。

しかし、空港で荷物を紛失してスタッフに問い合わせる場面では、

「あなたの荷物は確実に飛行機から降ろされていますが、今どこにあるかわかりません」

「戻りますか？」

「はい、必ず」

「いつ？」

「そんなには、かかりません」

「それはどのくらいの時間ですか？」

「わかりません。見つかったらホテルに届けます」

それで、その場面は終了するのである。それ以降のフォローは、いっさいなし。私は、荷物がちゃんと戻ったのか気になって仕方ない。漫画家ゆえのサガなのか、「オチが欲しい！」

何度聞いてもこの部分に差しかかると、心の中で叫んでしまうのだ。

別の飛行機博物館を訪ねる場面では、航空機の歴史が面白くて日本語訳に聞き入ってしまう。英語よりも、日本語の続きが早く聞きたい。

そうして私は、気づいた。

「私は英語より、日本語で頭に入るストーリーや知識の方に興味がある人間なのだ」

それに今のところアメリカやイギリスに観光旅行する予定もないし、国際会議に出るわけでも、世界を相手に事業を興すわけでもない。そう考えると、急速に英会話を学習する意欲が失せてしまった。

添削俳句もまた、私は急速に意欲が薄れつつある。この夏は八ヶ岳でのんびり過ごしたため、句が何も思いつかなかった。入道雲や夏山を詠むと、どうも小学生の夏休み作品ぽくなってしまう。それでもどうにかこうにかやっと二句作って送ったところ、案の定真っ赤っかに添削されて戻ってきた。おまけに「以上注意点をふまえてもう一句詠んでお送りください」とダメ出しされたのである。

五十過ぎて赤点をもらってやり直しさせられると、凹《へこ》むものである。それに英会話と同じで、こちらも目標がないため、やる気がどんどん失せてしまったのだ。

新聞や雑誌の俳句コーナーに応募したいわけでも、同好の仲間と句会を開きたいわけでもない。私が俳句を始めたと話すと、

「○○さんたちが句会を開いているから参加すればどうですか？」

わざわざ勧めてくれる人もいるのだが、私は散歩の途中に気づいた季節のうつろいを十七音に書きとどめられれば、ただそれでよいのである。ただ単に上手に表現する技術が欲しくて添削指導を受け始めただけであって、他人からすごく褒められたいわけでも、仲間と競い合う気もないのだ。

俳句歳時記を開くと、季語を使ったお手本として過去の俳人たちの名句がたくさん載っている。

「本当に、うまいものだ」

私は、感心する。俳句を始めて一番良かったことは、句を鑑賞する力がついたことである。

達人たちの優れた句を鑑賞すると、私は自分の力のなさにがっかりする。石田《いしだ》波《は》郷《きょう》や中村草田男《なかむらくさたお》に追いつくには、残り人生すべてを俳句に捧《ささ》げても、あと百年はかかるだろう。そう思うと、寿命が尽きる、もういいや、と投げやりな気になってしまう。

定年退職後に新しい趣味を始めようと考える人は、少なくない。しかし、ずっと続く趣味を見つけるのは案外難しいのだ。

その原因として、

•趣味を極める目標が見いだせない。

•趣味を極めるまでの時間と気力がない。

大きくこの二点が挙げられるのではないだろうか。

極めなくとも気楽に楽しめばいいのだろうが、上達したり夢中になって没頭できることが、人は楽しいのではないだろうか。

本気で仕事や子育てをした人間は、気楽さゆえに趣味に物足りなさを感じてしまうような気がする。

私が老後の趣味として始めたものの中で、「犬」だけは続いている。この趣味には、目標がない。ドッグコンテストへの出場も目指していないし、トイレと吠え癖のしつけが完了すれば、後にはもう何も極めるものがないのである。

それでも相変わらず私は犬に夢中である。この小さな生き物は人間の幼児と同じで、本気で向き合わないと怒って問題行動を起こす。その代わり、きちんと愛情を注げばちゃんと返してくれるのだ。何度注意をしてもスリッパやクッションをズタズタに噛んでしまう。犬はやはり、手ごわい。しかし一日の終わりに、温かな寝息を立てて寄り添って寝てくれるだけで、私は充分ご褒美をいただいた気持ちになる。それだけで幸せなのだから。

犬は日々の生きがいで、これはもう趣味と呼ぶようなものではないのだ。やはり、多少手ごわいくらいでないと私は本気にならないのだ。

さて、九月に息子が入籍をし、その夜家族だけで食事会をした。式・披露宴は来春の予定だ。

「昔のお嫁さんは、式を挙げてもなかなか籍を入れてもらえないこともあったのよ。婚家に気に入られなかったら、入籍前に実家に帰されたりして。今は逆なのねえ」

八十四歳になる私の母が言った。

確かに式もまだなので、子供が結婚した実感もわかない。食事会も平服のまま、近所のレストランで行った。普段の家族の食事会と何の変わりもない。

しかし、メニューを決める段階で、

「お姑《かあ》さんは、何にしますか？」

息子の奥さんが私に聞いた。その時、戸惑いつつも嬉しい気分になった私が詠んだ一句。

お姑さん呼ぶ女《ムスメ》あり星月夜

十年後に私がこの句を読み返したとき、入籍の夜の食事会をありありと思い出すことだろう。私が俳句に求めるのは、つまりこういうことなのだ。短い言葉に、瞬間の情景と気持ちを閉じ込めることが上手にできればそれでいい。

（初出　「本の窓」二〇一五年十一月号）

二十三 朝の連ドラ並みの人生

秋から始まったNHK朝のドラマ『あさが来た』（二〇一五年九月十八日～）は、京都の商家に生まれた姉妹の物語である。

このドラマを、八十四歳になる母が毎朝食い入るように見ている。母もまた徳島の商家の三姉妹の次女で、ドラマと同じく親に決められた男性と結婚したからだ。母の実家の規模はドラマとは比べ物にならないほど小さいものだが、それでも幼少時代三姉妹にそれぞれ専任の女中《じょちゅう》と丁稚《でっち》がついていたというから、当時としてはかなり裕福だったのだろう。

母の妹にあたる叔母の四十九日の法要の時に手塚治虫先生のサイン入り色紙を発見した話を書いた。が、じつはそこにはもうひとつお宝が眠っていたのである。

リビングに掛けられた額絵に、私の目が留まった。水彩で描かれた若い女性の横顔だ。

これは誰かと、従妹《いとこ》に尋ねた。すると、

「母の若い頃よ。鴨居玲《かもいれい》って画家が描いたの」

「カモイレイ？」

その名前に私は聞き覚えがあった。しかし、詳しいことは思い出せない。

「母が大阪の田中千代《たなかちよ》学園でファッションモデルをしていた頃に、知り合った画家みたい。イケメンの若い男で、母の友人たちはこぞって彼に肖像画を描いてもらいたがっていたんだけど、彼はそういうのには一切応じなかった。でもある日母にこの絵をくれたんですって。遠目からこっそり盗み見しながら、ササっと描いた絵らしいわ」

確かに、モデルの視線は画家に向いておらず、筆遣《づか》いも走るようなスピードだ。しかし、確かなデッサン力で、相当な技量の画家であることは間違いなかった。


大阪から戻ってしばらく経ったある日、私は偶然にも東京駅の東京ステーションギャラリーで「鴨居玲展」が開催されていることを知った。

「この画家だ！」

私はさっそく従妹に連絡をした。たまたま私の友人がステーションギャラリーの館長と知り合いだったため、そのつてで叔母の絵を館長に見てもらえることになったのだ。

そこで私は、叔母の肖像画を東京に送ってくれないかと従妹にメールを送った。すると、

「私がじゅんちゃんに話した内容は、すべて母から聞いたことで間違いないのですが、でも母の妄想かもしれないし、絵も偽物《にせもの》かもしれません。確かめたい気持ちと、怖い気持ちが半々です」

まるで『開運！なんでも鑑定団』にお宝を出品するようなそんな心境の返事が戻ってきたのである。

叔母に絵を渡した直後、画家はパリに渡っている。

「それはちょうど母が父と婚約した時期なのよ。だからきっと母に失恋してヨーロッパに旅立ったのね」

とも従妹は語った。

「もし母が父ではなく彼を選んでいたら、私はどのように生まれていたのかしら」

この辺は、彼女のロマンチックな創作である。

展覧会に足を運ぶ前に、私も鴨居玲について調べてみた。すると、彼の代表作はどれもこってりした油絵で、暗くインパクトのある作風だ。叔母の肖像画のあっさりした水彩画とは百八十度異なる。

「本当に鴨居玲の作品なのか……」

叔母も従妹も真っ正直で善良な人間である。まさか嘘などつかないはずだが、段々私も確証が持てなくなっていた。

しばらくして従妹から届いた包みの中には、絵の他に鴨居玲と叔母が一緒に写っている昭和三十年頃の「田中千代服装学園」の集合写真も添えられていた。私はそれらを手に、ステーションギャラリーの館長室を訪ねたのである。

「珍しいですね。でも鴨居は似たような別の女性の肖像画も描いておりますので、間違いないでしょう。彼は絵が売れない時期、田中千代学園で絵の講師をして生活費を稼いでいますから」

絵を見るなり、館長は言った。こうやって叔母の肖像画は、お墨付きをいただいたのである。

展覧会は没後三十周年を記念しての大々的回顧展で、デッサンなどを含め百点近い作品が展示されていた。

「ご家族にとっても貴重な思い出でしょうから、大切に保管なさってください」

館長のこの言葉から、どうしても美術館で保存したいほどの価値はなさそうだった。

「もし物凄いお宝で、超高値がついたらどうしよう」

という従妹の目論見《もくろみ》は、崩れ去ったのである。
鴨居玲は、一九七〇年代に活躍した画家で、下着デザイナー鴨居羊子《ようこ》の弟として
も知られている。人物の内面をえぐり出したグロテスクと思えるほどの、迫力ある
表現が得意だ。一度見たら忘れられない強烈な絵画に、熱心なファンも多い。実際、
今回の展覧会場には、若い人の姿も多かった。
「パリから戻ってからの鴨居玲の作品は何だか怖いと言って、母は彼の作品を見な
くなっていたの」
従妹の言葉から、たとえ叔母と鴨居玲の間にロマンスが芽生えたとしても、長続
きはしなかったであろう。
「のちに鴨居玲って女性関係が派手な人だったと聞いて、私も母は父と結婚して良
かったと思ったのよ」
鴨居の絵を〈怖い〉と感じる人間は、画家とは結婚しなくて正解だったのだ。
私の祖父は娘三人全員に、有無を言わせず自分が選んだ男性と、お見合い結婚さ
せた。
「この人と結婚しなさいと一枚写真を見せられただけで、結婚式まで一回も顔を見
ることもなかったの」

私が幼い時分、母は何度も自分の結婚についてそう語った。

そして、これはドラマの『あさが来た』と重なる。この時代の父親は家の利益のためだけに、一方的に娘の縁談を取り決めたわけではなかったのだ。ちゃんと娘の幸せを願って、そうしたのである。

祖父は、三人の娘を嫁ぎ先で苦労させたくなかった。それでそれぞれ全員に婿養子を取ったのだった。その結果この姉妹たちは終生ずっと仲が良く、男たちは影が薄かった。三姉妹は二人ずつ子供を産み、しかし男の子は長女の家の最初の子だけで、残り五名は全員女だった。したがって母方の親戚が集まると女だらけとなっていた。


私の夫に対する態度に敬意が欠けるのは、こんな育ちのせいかもしれないと、最近少しずつ思い始めている。

口では、

「お父さんを立てなきゃ」

と言いながら、母と叔母たちは実父ほど敬意は払ってなかった。それは子供ながらにも私にも感じられた。彼女たちは先代から受け継いだ事業を大きく発展させた父親と自分の夫らを、いつも比較していた。私が六歳の頃に祖父は六十歳の若さで亡くなっているため、記憶がほとんどない。そして三姉妹の口癖は、「じいちゃん（自分たちの父親）が生きていてくれたなら」だった。完全なファザコンである。

祖父が興した事業は、三人の婿の代で衰退し、後を継いだ従兄《いとこ》（たった一人の男孫）の代で、廃業となった。

徳島にいた頃、私はそのような話にまったく興味がなかった。実家が繁栄したり没落したりしていたことすら、気づいていなかった。冒険小説や漫画に夢中で、一族の小さな見栄や、田舎町の噂話には興味がなかったからだ。

それが、朝ドラ『あさが来た』をきっかけに、急速に自分のルーツに興味が湧いてきた。太平洋戦争の大空襲に遭うまでは、徳島は新町川《しんまちがわ》沿いに白い蔵が立ち並ぶそれは美しい町だったそうだ。昭和初期までは、日本でも有数の栄えた都市だったというのだが、今や見る影もない。駅前はシャッター街と化した、典型的な衰退した地方都市である。

この夏帰省した時、私が初めて会った遠い親戚だという女性の話も引き金になった。

「三姉妹の話は、長女のおばさんが生きているうちに聞いておいた方がいいですよ。毎日丁稚が小学校まで送り届け、雨が降るとすぐ傘を学校まで届けるから、『学校に傘を持っていったことがない』というのがおばさんの口癖だったから。そんな昭和初期のお嬢さんの話って貴重でしょう」

昔のことは全部忘れてしまったという母と違い、長女の伯母はまだ頭がしっかりしている。それは長女としてこの家をしっかり記憶しておかねばという使命感からかもしれない。

歳をとってから親戚に会うと、

「やっぱり血縁だなあ」

と理屈抜きにホッとする。最近では夫よりもずっと近しい感情が湧いてくる。不思議なものだ。

今八十歳以上なら、どんな女性にも朝の連ドラ並みの人生が規模は小さくとも、それぞれにあるのだ。

親に決められた結婚、戦争、没落（繁栄）、肉親との死別。

それに加え叔母のような、秘密のロマンスだってあるのだ。

（初出　「本の窓」二〇一五年十二月号）

二十四　犬を飼う、ということ

朝夕二回、犬の散歩を続けている。

朝は六時半に起きて、井の頭公園を一周する。毎日大体同じ時間に同じコースを歩くため、いつの間にか顔見知りが増えた。

この時間帯に公園を利用する人は、

①犬の散歩

②本気のランナー

③中高年のウォーキング

④通勤・通学途中

大まかに言えば、この四つである（前夜からの酔っ払いや、公園のベンチがベッド代わりのホームレスもいるが）。私が知り合うのは、もちろん①の犬の散歩で出会った犬トモである。

犬友達の皆さんとは、愛犬の「パパ・ママ」で呼び合う。職業・年齢はもちろんのこと、苗字名前もわからない。

すっぴんに、L・L・ビーンの山オバさんファッションの私が漫画家であることは誰にも知られず、「コーギーのリンコちゃんのママ」で通っている。

高級スーツをパリッと着こなしいかにもこれから御出勤の紳士が毎朝、豆柴《まめしば》連れなので不思議に思っていた。ある日、話を聞いてみると職場に愛犬を連れていくのだとか。

「駅前のビルで不動産業をやっているんですよ。そうだ、これどうぞ」

そう言って差し出したのは、

〈不動産売買のご用命はお気軽に。看板犬のマメです〉

豆柴ちゃんの写真付きの会社広告が入ったポケットティッシュをくれた。

欧米の映画を見ると、犬を二十四時間パートナーとして連れ歩く主人公がたまに登場するが、日本もそれに近づいているのだろうか。

また、いつも池のそばのベンチに座っている老夫婦がいた。奥さんはトイプードル、旦那さんはコーギーを連れていて、しばらくベンチで語り合ったあと、夫婦二人は一緒に散歩をする……。そうずっと思っていた。ところがある日、女性が男性

に向かって、

「シャチョーさん、シャチョーさん」

と話しかけているのが聞こえた。

別の日にたまたま、女性だけが愛犬連れでベンチに座っていたので、今日はお一人なんですねと、声をかけてみた。すると、

「社長さん、腰を痛めちゃったみたいよ。社長さんはね、以前ずっと私のお店のお客さんだったの。それが公園でバッタリ会っちゃって、一緒に散歩するようになったのよ」

聞けば社長さんはこの辺一帯に土地をいっぱい持っていて、あそこのコンビニもそこのガソリンスタンドも、みんな社長さんの持ち物らしい。で、おウチも広大な屋敷なのだが、奥さんが犬嫌いでコーギーを家に上げず、庭で飼っているらしい。

「奥さんがね、キツイ人らしくてね」

と喋る時、彼女の顔が一瞬険しくなったような気がしたのは、漫画家のうがった見方でしょうか。

このようにして私は、スナックママと大地主とも、犬トモになったのである。

上品だが、少し認知症傾向がみられる老婦人とは、夕方の散歩時に必ずすれ違う。

「もう、お帰り？」

ポメラニアンを連れた老婦人は、いつも私にそう話しかけてくる。

最初は、

「ええ、はい」

「いえ、これから」

と正直に答えていたのだが、このどちらの返事も彼女にとっては意味をなさないことに、ある時私は気づいた。そのため、以後は行きでも帰りでも、

「はい、帰ります。さようなら」

と答えている。すると、

「ごきんげんよう」

老婦人はにっこり笑顔を返してくれるのだ。

「もう、年寄りなのよ」

とも、彼女はたびたび話しかけてくるのだが、その〈年寄り〉が愛犬を指しているのか、自分自身のことを言っているかわからないので、私は返答に困ってしまう。あと十数年経てば、私とリンコもそんな風になるのだろうか。老女と老犬。でも、彼女のような東京山の手婦人の上品さが、私にはないからなあ。

老人だけでは、ない。

「触っていいですか？」

と礼儀正しく近づいてくる小学生もいる。

幼児は必ず、

「ワンワン、ワンワン」

と言って、犬を指差す。


このように、犬を飼い始めることによって、私の出会う人の幅が老若男女、随分と広がった。しかも彼らと接して、不愉快な思いを一度もしたことがない。犬連れの私に近づいてくる人は、もれなく犬好きで、笑顔なのであるから。

歳をとってから犬を飼うと、どんないいことがありますか？　と人から聞かれるたびに、

「散歩を欠かさないので健康になります。犬のフワフワの毛に指を突っ込むだけで、幸福ホルモンが出て幸せになります」

今までこの二点を語っていたのであるが、加えて色んな人と出会えるというメリットもあることに、最近気づいた。

取材インタビューに訪れるライターやカメラマンとも、犬好きであれば初対面で

あっても一気に打ち解けられる。美容院でシャンプーしてくれるアシスタントの若いスタッフとも犬話で盛り上がることができるのだ。しかも、いついかなる場でも、笑顔で。犬には、人を笑顔にする力があるのだ。

もっとも、いいことばかりでもない。何度注意をしてもリンコは相変わらずスリッパをくわえて走り回るし、テーブルや椅子の脚を齧《かじ》ってボロボロにしてしまう。散歩の途中で動かなくなり、公園の橋の上で二十分立ち往生することも日常茶飯事である。そんな時は、つい怒鳴りたくなるのだが、井の頭公園内で犬を大声で怒鳴りつける人など一人もいないので、ぐっと飲み込む。もし私のそんな姿を、犬トモに目撃でもされようものなら、

「リンコちゃんのママは怖いから、これからは近づくのをやめましょう」

瞬く間にそんな噂が広まってしまうに違いない。

思い通りにならないからといって怒鳴る人は犬を飼ってはいけないのだ。というか、怒鳴ったところで犬は言うことなんか聞きやしない、ということを、多くの愛犬家は体験上学んでいるのだろう。それで済むなら、リンコもとっくにスリッパをくわえて走り回ることをやめているはずだ。

公園内で犬を怒鳴って叱りつける人はいないが、幼児を大声で叱りつけている母

親をたまに見かける。けれど、人間の子も怒鳴ったからといって、そうそう言うことを聞くものではないのだ。

人間でも犬でも、大声で怒鳴りつけることの意味はほとんどないのである。犬を飼うと、そんなことにも気づかされるのだ。

ひと月ほど前、小型犬を五匹引き連れて散歩している女性に出会った。

「可愛いですね、兄弟ですか？」

私が尋ねると、

「いいえ、全部保護犬なんです。で、もう一匹がここに」

彼女はそう言ってショルダーバッグを指差した。開いた口からチワワがちょこんと顔を出していた。え、六匹も？

「この子は脳腫瘍で歩けないため、こうやってお散歩させているんですよ」

脳腫瘍の保護犬まで引き取って面倒をみているのか……。立派だが私には真似《まね》ができないなと思いつつ別れた。

公園で出会うのんびりした犬トモとは別に、ドッグショーに積極的に参加する愛犬家もいる。

久しぶりにフェイスブックで再会し、連絡を取り合うようになった知人女性は、愛犬のテリアを頻繁にドッグショーに出場させていた。彼女がその写真を絶えずフェイスブックにアップするため、その犬が全国各地のドッグショーで絶えず優勝する凄い犬であることがわかったのだ。

たまたま共通の知り合いの葬儀の場で再会したので、私は彼女に尋ねてみた。

「おたくのテリア君、凄いですね。どの大会でも上位入賞して……。どうすればそのような賢い犬になれるんですか？」

ドッグショーのワンちゃんたちは、尻尾をピンと立てて合図とともに歩き、合図と同時にピタッと止まる。ウチの犬がまったくできないことばかりを実に器用にこなすのだ。

「私がしつけたわけではないのよ。ショーに向いているようだから出てみたら、と人から勧められて一回出してみたら本人もどうも人に見られるのが好きみたいで……。得意げに演技してしかも嬉しそうだったの。それで人に預けてトレーニングしてもらうことにしたの」

彼女は、そう答えた。トレーニングのため、平日は犬の寄宿舎に預けているので、愛犬と過ごせるのは週末だけなのだとか。

スカウトされてテレビに出たら得意げに名演技を披露したため、児童劇団に通わせたところ才能が開花して、天才子役となった、というところだろうか。
犬も飼い主もそれぞれであるが、見られて得意げという感情が犬にもあることに、私は一番驚いたのだった。

（初出　「本の窓」二〇一六年一月号）

二十五　自分が信用できない

近所に、高級ハンバーガーショップができた。ポテトと飲み物がついたセットが、千三百円。通常のファストフードとは、一線を画する値段である。

ある昼下がり、私は初めてその店を訪れた。ランチタイムを少し過ぎた時間で、しかも小雨まじりの寒い日だったので、店内には私以外三組ほどの客しかいなかった。

「いらっしゃいませ、お席にどうぞ」

店員がテーブル席まで私を案内し、水を運んできた。すべてがセルフのハンバーガーショップとは、明らかにサービスの質が違う。メニューも客がテーブルで選び、注文を聞きに来た店員にそれを伝える。

やがて、高さ十五、六センチはあるハンバーガーが運ばれてきた。私が頼んだのはアボカドバーガーセットだ。専用の紙で汁が垂れないように包み、がぶりと噛みついた。

「うまい！」

ハンバーグが、ただのひき肉ではないのだ。存在感のある粗びきで、噛みしめると肉の旨みが口の中いっぱいに広がった。バンズもパサつき感がまったくなく、塩加減と甘みがじつにいい感じで混じり合っていた。

セットのジンジャーエールとポテトも完食し、満足して私は店を出た。

それから家には戻らずに、駅の反対側の量販店に犬のおやつを買いに行った。リンコ好物の「豚の耳」は、その店でしか売ってないからだ。

品物を手にしてレジ前に立ち、私は財布を覗いた。

「あれれ？」

一万円札しか入っていないのである。小銭もない。そうだ、確か家を出る時空っぽの財布に万札を三枚入れたのだった。カードも入れずに。しかし、この量販店に来る前に、私は確かにハンバーガーショップで飲食した。なのに、おつりの小銭が財布の中にない……？

その瞬間、私は凍り付いた。

「勘定を払わずに、店を出ている！」

通常、ハンバーガーショップでは、まずレジで支払いをすませ、次にセルフで品物を受け取り、席に着く。食事後は容器をセルフで戻し、そのまま外に出る。その習慣が身に付いていたため、私はハンバーガーを食べ終わったあと、テーブルに置かれた伝票に気づかず手ぶらでレジを素通りしてしまったのだ。

量販店の支払いを万札ですませ、私は大急ぎでハンバーガーショップに戻った。

「いらっしゃいませ。店内へどうぞ」

先ほど私にハンバーガーを運んできた若い女性店員が、入り口カウンターでにこやかに挨拶をした。イチゲンさん扱いだ。どうやら私の顔をまったく覚えていないみたいである。

「さっき、お勘定を支払うの忘れて……」

息を整えながら、私は言った。

「ああ〜。アボカドバーガーとジンジャーエールのセットのお客様ですね」

女性店員はレジスターの側面にセロハンテープで貼られていた伝票をはがし、にこやかに差し出した。

「千四百四円です」

無銭飲食を咎《とが》める雰囲気はまったくなかったので、私はほっと胸を撫でおろした。

「本当に、すみませんでした。ついうっかり……」

「いえいえ。どうぞまたお越しください」

最後まで、じつに爽やかな応対だった。

何度も繰り返すが、近頃物忘れがますますひどくなっている。家の中ではスマホがしょっちゅう行方不明になるし、外出すると、バッグの中に入れたはずの名刺入れ、眼鏡、スマホ、ハンカチのうち、必ずひとつが見つからない。こういうことが積み重なると、自分が自分をまったく信用できなくなる。

旅に出る日は、さらに緊張する。何か忘れ物をしていないか？　それは現地調達できるものなのか？　歳をとると重い物は持ちたくない。そのため最小限の荷物にまとめたいのだが、そうすると、必ず何か重要なものを忘れているのだ。

「人は、自分にとって重要でないものから忘れていく」

そんな言葉をどこかで読んだか聞いたことがある。しかし私の場合それとは逆に、重要なことから忘れてしまう気がする。なぜなら、旅先で化粧ポーチを開けるとクレンジングフォームを忘れていることが多いからだ。旅先で使おうと入れてある試供品の美容液やクリームのサンプルはいっぱい入っているにもかかわらず。

「洗顔が一番大切なのに……」

そうしてますます私は、自分が信用できなくなるのである。

自分が信用できないな、と感じるシーンは、物忘れに気づいた時だけではない。

人は大人になると、自分が一番やりやすい方法で日常を送るようになる。それがルーティーン化して体に染み込んでしまうと、時代からかけ離れてしまっていても、なかなかそうとは気づけず、ずっと続けているケースが多い。

「これって、時代からズレていたのか⁉」

最近、そう気づく出来事が少なくない。

夏はぺらんぺらんのワンピースにトレンカが一番楽だと思い、そのスタイルでこの夏を過ごしていたら、もはや夏にトレンカを穿く女性など街中にほとんどおらず、デパートのレギンス・トレンカコーナーも縮小されていた。

CDプレイヤーが故障したので家電量販店に新しいのを買いに行くと、商品数の少なさに驚かされる。

画材店からスクリーントーンの六十一番が消えた（漫画家にしか通じない話）。

トイレ用のスリッパは、もはやわざわざ置かない（室内用スリッパでそのままトイレに入るため）。

ニット類はクリーニング店に出さずに、洗濯機の〈おうちクリーニング〉機能を使って家で洗う。

犬は庭ではなく家の中で飼う。

このように、私が子供のころから馴染んでいた習慣は、時代とともに大きく変化、あるいは消滅しているのだ。

「私は正しいと思い込んでいるが、これってじつはズレていない？」

そんな風に自分を疑う機会がじつに増えている。

最近私は自分への信用がなくなると、とりあえず信用できる人に尋ねることにしている。

娘に尋ねることも多い。

私が同年代とカラオケに行き、スピッツを歌うと、

「そんな若い曲、どうして歌えるの？」

と驚かれるのだ。でも、娘は

「スピッツなんて、今の若者にはもう懐メロなのよ」

そう言う。

ファッションに関しては、時代に関係ない自分のスタイルを確立すれば、時代からズレることはないのだが、世間からは「個性的なオバサン」という評価が下される。それもなんだかなあ。というわけで、そのシーズンのファストファッションを着倒すという、今の時代のやり方に染まることにしてみた。この冬は、三千七百円

で買ったガウチョパンツを穿き倒すのだ。私流の老いへの小さなあがきである。

しかし、世の中には私の上を行く物忘れがいるものである。それはつまり私の夫なのだが。

昨年九月に息子の入籍を祝って家族で食事をした。吉祥寺のアットホームなレストランに、息子カップルと私たち夫婦の四人で集まったのだ。このことは、前に書いた。

それから一か月ほど経った頃、そのエッセイを読んだ編集者が、打ち合わせのため私の自宅兼仕事場にやってきた。たまたまその日は、息子と夫が在宅していて、父子でお昼を食べていた。すると、気づいた編集者が、

「リュウスケさん、ご入籍おめでとうございます」

息子に声をかけた。その瞬間である。

「リュウスケ、おまえ入籍したのか⁉」

夫が突然大声を上げた。

お父さん、九月に家族で食事したでしょ、あれが入籍祝いだったんだよ。慣れたもので、息子は冷静に父を諭した。

これに比べれば、私などまだ随分マシな方である。

さて。十一月は、お嫁さんの故郷山形の実家まで、家族で挨拶に行った。先方のご両親にお目にかかるのは初めてで、しかも一般的な順序とは逆で入籍後の初対面だったので、私たち夫婦は緊張していた。

しかしお目にかかるやすぐに打ち解け、用意された料理屋で食事をする頃にはすっかり和んでいた。その後、ご自宅まで案内していただいた。十年前、お嫁さんは関西の大学に進学するために実家を出た。その室内の壁には今も、彼女が高校時代に描いた油絵が何点もかけたままだった。

絵が上手だった彼女は、高校時代に賞も取っていた。けれど三十号はある、シュールレアリズムっぽい画風の油絵は、東北地方の和風民家には、どちらかといえばそぐわなかった。それでもそれらをずっと、娘が巣立ったあとも壁にかけ続けていたご両親。それを見ているだけで、愛情深く育てられたお嬢さんなのだなあと、私は感激した。

入籍の食事会を忘れた夫も、この山形の旅はさすがに覚えているだろうな。

（初出　「本の窓」二〇一六年二月号）

二十六　ご先祖様をたどる

親指を除いた右手すべての指が、第一関節が膨らんでいびつな形になっている。二年前ぐらいからその症状は現れ、当初は職業病だと思っていた。私は筆圧が強いため、ペンだこが右手全部の指に現れたのだろう。そう考えたのだ。しかし、執筆中に圧力はかからないはずの人差し指までぷっくり膨らみ始めた。

次に思いついた原因が、犬のリードである。リンコを飼い始めたのが、ちょうど二年前。散歩の途中で突然うずくまり、地面にはりついたままビクともしない愛犬を、リードをぎゅっと握り力ずくで引っ張っていた。

「その握る時の圧力で、指が変形したのかな」

そこでリードを左手で持つように変えた。しかし、右手第一関節の膨らみは治まるどころか、どんどんひどくなっていったのである。

痛みはないので、日常生活に支障はない。漫画も描ける。困ったことは、右手にリングをつけることができなくなったぐらいだろうか。

「それはね、指の病気なのよ」

法事の席で久しぶりに会った、六歳年上の従姉《いとこ》が私に言った。

「ほら、見てごらん」

そう言って私の前に差し出された彼女の手は、同じように、指の第一関節が赤みを帯びて膨らんでいた。

「ヘバーデン結節という、中高年の女性によく見られる病気よ。病院で診断されたから間違いないの」

「そうなの？　で、原因は？」

「老化」

従姉は、きっぱり言い放った。

「それ以外の原因はわからないらしいの。治療法もないのだけど、見た目が悪いだけで、それ以外の弊害はないから放っておくしかないと、医師から言われたわ」

この症状を持つ人に、初めて出会った。しかもそれが従姉となると、生まれ持った体質が関係しているのかもしれないと、私は思い始めた。

「やっぱり、血かしら？」

「血、なのかもね」

彼女も答えた。

法事は、伯父（従姉の父）の三回忌だった。徳島で行われたため、私は母を連れて帰郷していたのである。

祖父は娘三人を嫁ぎ先で苦労させたくないと、それぞれに婿養子を取った。婿三人はすでに全員鬼籍で、三姉妹の末娘も去年亡くなった。八十七歳の長女と、八十四歳の次女（母）が残っているのみだ。

法事後の会食の席で、細井《ほそい》家（私の実家）のルーツが話題となった。私は徳島ではよく「東の細井さん」と呼ばれていた。それ以外に「西の細井」と「本家の細井」があるらしいのだが、その繋がりがよくわからない。そこで親戚一同に、細井家のそもそもの成り立ちについて尋ねてみた。すると、本家跡取りの従兄が言った。

「細井家は元々、徳島一の醬油屋だったんよ」

私には初耳だった。徳島一というのは、身びいきから出たホラ話かもしれないが、母からずっと生家の家業は呉服屋だったと聞かされていたのだ。醬油屋と聞かされて驚いた。

「細井の先祖について知りたいなら、いい資料があるよ」

そう言って、従兄は一冊の本を取り出した。それは五十年前、六十歳で急逝した私の祖父への追悼文集だった。

その文集には「一すじの道」というタイトルがついていた。従兄から譲り受けて東京に持ち帰り、早速読み始めた。そこには祖父の業績を称《たた》える県知事や市長の弔辞に続き、「細井商店」のルーツが記載されていた。

明治初年、松岡愛蔵《まつおかあいぞう》は徳島の醤油業細井家の養子となり、細井愛蔵となる。醤油屋で一生を終わるのは嫌だと考えていた愛蔵は、吉野川河口の船着き場から蒸気船に乗って、大阪に出向いた。すると、大阪の町で更紗《さらさ》の反物が飛ぶように売れるのを目にしたのである。

「これは、売れる」

そう思いついた愛蔵は、船場《せんば》の問屋から更紗を大量に仕入れた。徳島に持ち帰ったところ、案の定瞬く間に売りきれたのである。

やがて愛蔵は醤油業を廃業し、更紗を中心とした呉服洋反物卸問屋として、徳島市内西新町《にししんまち》に店を構えるのである。

愛蔵には娘が二人いて、長女サイが、宇八《うはち》という養子を迎える。この宇八（初代）が、私の曽祖父にあたるのだ。宇八は京阪から仕入れた洋反物以外にも、徳島特産の木綿反物「阿波《あわ》しじら」に商標をつけ、徳島県内で広く販売して事業を拡張した。

宇八の功績もあって明治末期、細井商店は徳島一の繊維卸商としてその名を轟《とどろ》かせたのである。もっとも、出典が自画自賛の追悼文集であるので、その信憑《しんぴょう》性は定かではないが。

宇八はやがて愛蔵商店から独立し、本家の東側に店を構えた。なので、以後「東の細井」と呼ばれるようになる。愛蔵の次女の婿養子も、本家の西側に独立した。この分家は、「西の細井」と呼ばれた。

初代・宇八が残した言葉がある。

「金魚を売る時は涼しそうに、鰯《いわし》を売る時は新しそうに声をはりあげないとだめだ。値を引く時は、本当に採算ぎりぎりで苦しいという、真剣な態度で客に対応しなければいけない」

彼はまた、値切る癖のある客にはまず高く持ちかけて値引き後の利益を確保し、言い値で買う客には最初から正味の価格で取り引きしたらしい。

宇八の商才のおかげで、店はどんどん繁盛するのだが、

「細井の商法はガメツい」

と噂されるようになる。大正初期の商売の有り様が、次のように記載されている。

店員は朝四時、自転車の荷台に反物を積んで店を発《た》つ。五十キロ先の県南部日和佐《ひわさ》（現美波町《みなみちょう》）に八時半に到着。そこで朝食をとった後再び自転車をこぎ、十一時牟岐《むぎ》着、昼食。食後さらに高知県にまでこぎ続け、ようやくその日最初の商売をする。二日目は徳島南部に戻り、商売。三日目、四日目も商売しつつ北上して帰路につき、夜遅く徳島市内の店に戻った。

細井商店、ブラック企業もいいところである。

しかしこのような企業努力にもかかわらず、第一次世界大戦後の不況で、売り上げは落ち込んだ。世間では銀行の取り付け騒ぎも起こり、昭和五、六年頃には細井商店も貸し倒れの損害を被るようになる。

そこで登場するのが、宇八の長男太一《たいち》である。彼こそが二代目宇八にして、偉大なる私の祖父なのだ。

太一は、父親以上に事業を拡大する。まずミシンを四台買い入れて、縫製業を始めた。最初に割烹着《かっぽうぎ》や簡単服と呼ばれる婦人服を手掛け、次に学生服の特約店となる。これが当たり、昭和十年の年商が十万円というから、大したものだ。今のお金に換算してどのくらいかわからないが、きっと凄いに違いない。

数字に強く、人をまとめる力のあった太一は徳島県被服工場組合を作り、大阪や満州にまで進出をする。満鉄（南満州鉄道）に作業ズボンなどを売ったのだ。昭和十四年には十五万円の利益を上げ、それを元手に彼は新工場を建てた。ここに、徳島県下一の被服工場が完成するのだ。

祖父太一は数々の繊維組合の理事となり、戦時下も軍服を請け負って資産を築いた。彼自身召集されるも、無事帰還。戦後のどさくさに紛れて、さらに大儲《もう》けしたらしい……。

『細井家は繊維を家業とする、商売の家である』

こんな誇らしげな言葉で、追悼文集は締められていた。

うーん。どうやら私には、細井家の血は薄いらしい。私は商売っ気がまったくないし、事業欲もないからなあ……。

そう思っていたのだが、昨年末吉祥寺に住む漫画家・作家・編集者と忘年会をした時のことである。駅に直結するビルの地下にありながらも、客足が伸びずテナントがどんどん撤退する食品フロアが話題となった。

「そうだ！　吉祥寺で行列のできるメンチカツ屋やラーメン店、羊羹《ようかん》屋の支店をテナントとして、あの場所に出店させるのよ。地下食品フロアなら、行列を作っても雨に濡《ぬ》れない。イートインのラーメン店は、吉祥寺の人気店を月替わりで回す。すると、リピーター続出でしょう？」

私が提案したところ、サイモンさんすごい！　そのアイデアを提案しましょう！と絶賛された。

「サイモンさん、商才ありますよ。このアイデア、武蔵野《むさしの》市の商工会議所に売り込みませんか？」

投資漫画を連載している漫画家M氏に、持ち上げられた私は、

「私って、やっぱり細井商店の血を受け継いでいるのかしら……」

ふと、そんな風に思ったのである。

自分より年長の親戚が生きているうちに、先祖のことを聞いておくことは重要である。

五十九歳の誕生日を目前に、私はそのことに気づいたのだった。

（初出　「本の窓」二〇一六年三・四月合併号）

二十七　ゆるゆると老いる

咳《せき》が出るなと思っていたら、その晩三十八度五分の熱が出た。朝には落ち着くだろうとタカをくっていたのだが、ずっと高いままだった。その日は土曜日だったので、

「今日を逃すと、月曜日まで病院に行けない。万が一今夜も熱が下がらないと嫌だなあ」

そう思い用心のため、土曜日診療を行っている病院をネットで調べて診察を受けることにした。この時点ではまだ、普通の風邪だと思っていたのだ。

しかし、鼻に綿棒を突っ込まれて検査をされた結果、

「インフルエンザB型です」

見事診断が下ってしまった。

薬局で指定された薬を吸入し、帰宅。熱は若干下がったものの、咳と全身のだるさが抜けない。一人暮らしをする娘にSOSを出して、犬の散歩をお願いすることにした。が、

「今日は無理。明日早朝帰る」

無情なメールが返ってきた。

仕方ない。私はマスクをかけ、フラフラしながら夕闇の井の頭公園へ犬の散歩に出かけたのだった。散歩から戻り夕食はおかゆを作り、そのままリビングのソファに横たわった。すると、いつもはうるさいぐらいにじゃれつくリンコが、部屋の片隅で体を丸め、じっとこちらの様子をうかがっている。何か異変を感じ取ったのか？

「おいで、リンちゃん」

犬にはインフルエンザはうつらないので、声をかけた。すると犬は体をすり寄せてきて、私の顔をぺろぺろとなめ始めた。

「心配してくれているのね、ありがとうね、リンちゃん」

力なく愛犬を撫で、うとうととそのまま寝入ってしまった。

薬の効果はテキメンで、翌日にはすっかり回復し、私は二日延ばしにしていた仕事に取りかかったのであった――と、なるはずであった。しかし、薬を飲んだ翌日も、その次の日も、さらにその後三日も四日も体力は回復せず、私はただソファで横たわったまま寄り添ってくる犬を撫でるだけであった。そのような日々を一週間過ごしたのである。

じつは私は、三年前にもインフルエンザにかかっている。その時は確かに三日で、仕事に復帰した。

「同じインフルエンザで、同じ薬を吸入し、それなのになぜ、こんなにも回復が遅れるのだろうか？」

それは言わずもがな、歳をとったせいである。

今回、発病後三日目に高熱は下がった。しかし咳が抜けず、さらにどう頑張っても起き上がることができなかった。体がだるくてだるくて何をする気力も起きず、ただ横たわっているのみ。テレビを見たり本を読む気にすらならなかった。

「年老いて病に伏せるとは、こういう状態なのであろう」

私は気づいたのである。

明日何をしようとか、将来の楽しいことなど思いつきもしない。ただ、

「頭が痛いのどが痛い、熱っぽくて全身がだるい、咳と鼻水が止まらない、ああ苦しい苦しい」

そんな言葉が頭の中をぐるぐる回り続けるのみ。やがてそれにも疲れ、眠りに落ちるのだった。一日十時間以上眠っていたと思う。そして寝ている時間だけが、心地よかった。

「こんな風に死ねるのなら、死ぬことの恐怖もそれほど感じないのかも」

それならそれでいいな、と私は考えるようになったのだった。

たとえば末期ガンで、もうどうにも助からない状態になったら、余命宣告してほしいとずっと思っていた。けれど、むしろ何も知らないまま、

「苦しいけど、眠っている間は苦しさと痛みを忘れられる。ああ今まさに眠りに落ちそう、気を失いそうでこの瞬間、気持ちいい……」

そう感じながら絶命する方が幸せなのではないかと思うようになったのだ。

余命宣告を受けていたなら、

「今眠ったら、このままあの世にいってしまうかも。それはとても怖いし、嫌だ！」

臆病な私はそんな風にじたばたするに決まっている。

何も知らずに、

「明日目が覚めたら、すっかり元気になっているかもしれないから、とりあえず今日は眠ろう」

そんな気持ちで天国に旅立てれば、むしろ最高ではないかと、思い始めた。

「四苦八苦」とは、仏教用語であり、「生」「老」「病」「死」が、人が逃れることができない四つの苦しみであると説く。「四苦」のうち三つ（老・病・死）が、これからの人生後半にどっと押し寄せてくるのであろう。仕方ない、人は必ず老いて死な

なくてはいけないのだから。

私は若い頃、自分の死に際について考えたことがある。

「死んだ方がマシだ、という状況でぽっくり死ねるのが一番いいのではないか」

二十代の私が出した結論である。病院のベッドで、干からびてミイラのようになった体に管をいっぱい繋いだ状態で生きながらえるのは嫌だ、と思っていた。

いやしかし、いざそうなったら案外「もっと生きたい」と生への執着が起きるかもしれない。こればっかりは、なってみないとわからない。

結論としては、

「いろいろ考えても、仕方ない」

なのだ。

橋本治《はしもとおさむ》さんが雑誌のインタビューで、

「今日、明日のことだけ考えて、あとはただゆるゆると下ってゆくだけ」

そんな風に老いについて語っていた。なるほどなあ、私もその手でゆくか。


今年、私の同級生たちは還暦を迎える。勤め人の多くは定年退職の年だ。役所勤めの友人（女性）に、

「定年後はどうするの？」

と聞くと、

「なーんも考えてない」

という答えが返ってきた。公務員は年金がいいからなあ。

彼女に限らず、女性はほぼ、定年退職後に働く気がない。これからは、好きなことだけするの。なんで働かなきゃいけないの、と言う。一方男性は、延長制度を利用してとどまる方が多い。家にずっといては、妻に嫌がられるだけだからなのか。

一人だけ、東京の大学で教員を勤めていた男性が六十歳で辞め、家族を東京に残して、月の半分は郷里の徳島で過ごすことを決めていた。平均寿命まで、二十年以上ある。なーんもしない余生。故郷で第二の人生を始める選択。それぞれ、なのである。

今回のインフルエンザで、五十六歳と五十九歳では同じ病気でも治り方がまったく違うことに、私は気づいた。「六十歳定年」は、案外生物としての摂理にかなっているのではないだろうか？　生物的におそらく六十歳でガックリくるのだ。

「六十近くなると、洋服がまったく欲しくなくなったの」

お洒落が命、と公言していた友人が言った。

私もまったく同意見である。

「ご馳走《ちそう》を目の前にしても量は食べられないし、旅行してもたくさんは見て歩けない、それでもまあいいやと思うようになっている。こうやって欲望が縮小してゆくのね」

ゆるゆると、下ってゆくのである。

欲が縮小してきているので、下ることもさほど苦ではない。それでも明日着てゆく服を考えるのは楽しい作業だし、今日美味しい晩ご飯を作ることができれば嬉しい。このささやかな日常の幸福が、老いる日々を支えてくれるのだろう。

先月、大学の漫画研究会で一年先輩だった女性が病気で急逝した。まだ六十二歳だった。彼女の陣頭指揮の下、女子大に漫画研究会を創設し、試行錯誤で同人誌を発行し、発足したばかりのコミックマーケットでそれを販売した。青春の日々を、姉妹のようにつるんで過ごしたのだった。

卒業と同時に漫画家業と主婦業で多忙となった私は、いつしか彼女とは疎遠になっていた。

最後に会ったのは、もう三十年も前になるだろうか？

彼女の訃報を知り、大学漫研時代の友人何人かと連絡を取った。葬儀は家族だけですませるというご遺族からの連絡を受け、

「だったらみんなでお墓参りに行きましょう」

という話になった。

電話やメールで連絡を取り合った古い友人たち。彼女たちとも、三十年以上ぶりだったが、すぐさまあの頃のうちとけた気分が蘇ってきた。なんでも話し合い、互いの才能を尊敬し合い、喧嘩もしたけれど深く理解し合っていた人たち。なんでもっと頻繁に会っていなかったのだろう？　あの頃のような「仲良し」に、その後の人生では出会っていなかったことに私は気づいたのである。

彼女たちと再会するのが、目下のところの私の最大の楽しみである。失った人が、残っている人の大切さを気づかせてくれたのだ。

（初出　「本の窓」二〇一六年五月号）

文庫版あとがき

「本の窓」で『老いるチカラ』という連載を開始したのは今から八年前、二〇一二年のことで私もまだ五十代半ばでした。

連載の途中で飼いだした仔犬が今はもう六歳となり、人間の年齢でいうと四十代のいいオバサンなのです。ところがこの犬、精神はまだオヤツくれくれ遊んで遊んでの三歳児のままです。しかし眉のあたりは白髪だし、全速力で駆けると直後に足がヨタつきます。

これは、現在の私にそのままあてはまります。精神は八年前と少しも変わらず、というか四十代の女性が主人公の漫画連載を始めたため油断すると四十代です。一方肉体は衰えが加速しています。集中力は続かず、少しの外出で疲れ果て、脂っこい肉が全く食べられなくなりました。

夫を観察すると、私に輪をかけてひどい。

久しぶりに家族で食事をした先月のこと。

「BMW・i8が欲しいんだよなあ。けどウチの駐車場だと停められないんだよなあ」

「ひょっとしてそれ、ドアがガガガと上に持ち上がるやつ？」

「うん。ガルウィング」

真顔で答える夫。現在七十二歳。免許返納を考える歳と言える。呆れて私は話題を変えました。

デスクトップパソコンを新しくしたら、今まで使っていたアプリでサイズの大きいファイルが送れなくなったと息子と娘に相談を持ちかけたら、あーでもない、こーでもないと、解決策を提案してくれました。

ふと夫がおとなしいなと思い見てみると、

「グー」

いびきを立てて寝ている。

「興味のない話題になったらすぐ、寝る。

子供かっ！」

三十三歳の息子が笑いながら言ったのでした。

数か月前に初孫が生まれましたが、基本死ぬまで私たちはこのスタイルなのでしょう。

この数年で身近で大切な人が次々亡くなりました。一方、今年八十七歳の母はまだまだ元気で曾孫《ひまご》のためにニット帽子やおくるみを編んでくれています。

「六十歳過ぎたら、この先はもう、運しだい」

これが同年代の友人と会うたびの合言葉になっています。さて、どうなることでしょうか。

「本の窓」の連載から担当してくださった小学館の片江佳葉子さんに、文庫化においてもご尽力いただきました。感謝します。

二〇一九年　十二月

柴門ふみ

【解説】家庭円満を支える柴門流「人生後半の知恵」

樹林《きばやし》ゆう子

柴門さんと私は、同じ吉祥寺《きちじょうじ》に住むご近所仲間であり、知名度は違えど同じ漫画業界の仲間でもあり、そしてなにより会えば夫や子供の話や世間話で盛り上がる、同世代の〝オバサン仲間〟でもあります。

いうまでもなく柴門さんのご主人は、サラリーマン漫画の金字塔「島耕作《しまこうさく》」シリーズの作者、巨匠・弘兼憲史《ひろかねけんし》先生。夫婦揃《そろ》って国民的ヒット作を生み出した漫画家という、世にも珍しい組み合わせです。

私が思うに、弘兼先生と柴門さんはまったく違うタイプの漫画家なのですが、ご夫婦のキャラクターもまた、漫画の作風以上に違います。柴門さんは真面目で、お酒も飲まず、家で静かに過ごすのが似合う人。そして子供や犬の世話をするのが好きな、母性愛あふれる女性でもあります。

かたや弘兼先生は、家庭よりも仕事を優先する方。年齢を感じさせないエネルギッシュさで、飲みに行ったり講演会に出たりラジオに出たりゴルフしたりと目まぐるしく動き回り、家にはたまにしか帰らない人（週の大半は都心にある仕事場で寝泊まりしているとか）。そして子供や犬のお世話が、まったく性に合わない人。この本を読んだ方にはおわかりいただけると思いますが、今は独立している二人のお子さんが赤ちゃんだった時期も、オムツを替えたりあやしたり、といったお世話は全然しなかったそうです。つまり、育休をとったりするイマドキの「家庭的パパ」とは真逆の、「俺流」の生き方を貫いてきたお父さんというわけです。

でも、メッタに家にいない夫に対して、柴門さんが怒りをぶつける姿を見たことはありません。また特別、夫の帰りを待ちわびている様子でもない。ただ夫が「ただいま〜」とひょっこり帰ってきた時は、ごく自然に受け入れている。端からみているとなんとも不思議な関係ですが、そこには、紆余《うよ》曲折ありながらも長い年月をともにした夫婦ならではの「阿吽《あうん》」が感じられます。

私が柴門さんと初めてお会いしたのは、お子さんたちがまだ小学生だった頃でした。雑誌の仕事で弘兼先生の人物伝を描くため、お二人の仕事場や、ご自宅を訪問したのです。当時練馬区にあったご自宅に伺って、まずビックリしたのは、柴門さんが舅《しゅうと》さん、姑《しゅうとめ》さんと同居されていることでした。『東京ラブストーリー』などのヒットを連発して、超多忙なはずの漫画家が、子育てをしながら、義父母とも同居して主婦業をこなしている。かたや夫の弘兼先生は、自宅で家族と夕食を食べたあとはサッサと仕事場に移動して、そのまま家に帰らない……。

「この環境で家庭円満を保っている柴門さんは、なんてスゴイ人なんだ！」

と、ひどく感動したのを覚えています。

本書の中に、愛犬リンコちゃんのお世話を通して、育児が大変だった時代を思い起こす、柴門さんの一文があります。

「私が一番仕事をたくさんこなしていたのは、子供たちが小学校に上がるまでの時期で、育児が一番大変だった私が三十〜三十五歳の頃だ。幼稚園児と乳飲み子を抱え、それでも『東京ラブストーリー』を描いていた。幼子の鼻水、よだれ、オムツまみれになりながらも、溢《あふ》れ出た愛のエネルギーが創作にまで及んだのだろう。（略）そう、困難な状況を与えられれば与えられるほど、私の『母親魂』は燃えるのだ」

一方、夫の弘兼先生は……。

「（犬のリンコを）一日五分ぐらいは可愛がるが、仔犬がオシッコすると、『汚い！　ママ、オシッコ始末して』私に丸投げしてぴゅーっと逃げていく。彼のこの育児態度もまた、三十年前と変わらない」（以上「母親魂、再燃!!」より）

オムツ替えのできないお父さんは少なくないと思いますが、手のかかる幼子と格闘している時も、育児や家庭の雑事から逃げ続ける夫に対し、柴門さんはやはり百円玉貯金のように小さな怒りをためてきたようです。

「怒りを引き起こす人からは、なるべく遠ざかること。（略）**しかし、困るのは夫だ。三十年以上同じ理由で私が怒り続けているにもかかわらず、向こうもそれを一向に直す気配がないのだから」**（「怒りが止められない」より）

けだし人間、生まれもっての性癖というものは他人がいくら怒っても治らないもの。愛犬リンコを通じて、柴門さんはそのことを改めて悟ります。

「（それで済むなら）**リンコもとっくにスリッパをくわえて走り回ることをやめているはずだ。**（略）

人間でも犬でも、大声で怒鳴りつけることの意味はほとんどないのである。犬を飼うと、そんなことにも気づかされるのだ」（「犬を飼う、ということ」より）

犬も夫も子供も、思い通りに動かすことなんてできっこない。それが世の理《ことわり》です。このように日常の体験やふとした出来事を通じて、世の理を拾い上げてくるのが、エッセイスト・柴門ふみの真骨頂なのです。

さて平成から令和に時代が移り、弘兼先生もおん歳《とし》七十歳を超えて、この頃は強気の姿勢にちょっとばかり変化があるようです。

先般、新年会で弘兼邸にお呼ばれしたときには、「俺ももう七十だから、死ぬ前に高級ワインは飲んじゃわないと。残してもしょうがないし」とおっしゃり、秘蔵の超高級ワインを気前よくポンポン開けてくださいました。私の隣に座っていたワインマニアの招待客が「それはさすがにもったいないのでは……」と呟《つぶや》くのも、いいからいいから♪と聞き流しておられました。

私が弘兼先生の口から「死ぬ前に」などという言葉を聞いたのは、多分初めてのことです。もっとも柴門さんによれば、六十五歳を過ぎた頃から弘兼先生は「俺はあと十五年で死ぬ」と、口癖のようにおっしゃっているそうですが。

「『最後に男が頼るのは、結局女房なんだよな』

いつも強気なウチの夫でさえ、六十五歳過ぎた頃からそんな言葉を口にするようになった。

どうして男は妻に頼るのか？

それは孤独が怖いからである」

なぜ孤独になるのか。歳をとるとササイなことにも我慢ができなくなり、そのために周りから敬遠され、結果として孤独になる、というのが柴門さんの分析です。さすがの洞察力です。

「男が最後に頼るのが女房というのは、我儘を許してくれる最後の人間だから、ということなのであろうか」（以上「老いては夫を従え」より）

確かに、妻に先立たれた夫は最後の砦《とりで》を失い、孤独を深めてショボくれる人が多い気がします。男というのは、意外と孤独に弱い生き物なのでしょう。一方、夫に先立たれた妻は、最初は落ち込んでいますが、やがて女友達や子供と旅行に行ったり、飲み会や食事会を開いたりして、夫と暮らしていた時より元気になってしまう人がすごく多い。夫のためにやる家事から解放されて、友達と遊ぶ時間が増えますし、家庭を顧みなかった夫よりも子供たちとの関係が良好なので、旅行や食事も一緒に行けるわけです。

まぁ相手に先立たれないまでも、夫婦も歳をとっていくと、お互いいろいろガタがきます。まっさきにくるのが、物忘れ。

「物忘れがますますひどくなっている。家の中ではスマホがしょっちゅう行方不明になるし、外出すると、バッグの中に入れたはずの名刺入れ、眼鏡、スマホ、ハンカチのうち、必ずひとつが見つからない。こういうことが積み重なると、自分が自分をまったく信用できなくなる」（「自分が信用できない」より）

柴門さんとおしゃべりしている時も、お互い頭には思い浮かんでいるのにタレントの名前が出てこず、「ほら、最近、文春砲にやられたあの人。名前何だっけ……」と迷宮入りになることも。結局スマホで検索してしまうのですが。

体調不良で寝込むことも増えます。私もそうですが、熱が出ても若い頃のようにサッと治ってくれない。場合によっては一月《ひとつき》もゴホゴホ咳《せき》が続いたりする。それも老化なのでしょう。

本書によれば、柴門さんも過呼吸を起こしたり、自律神経失調症で救急車で運ばれたり、そして初期の乳ガンを経験したり、いろいろな不調に見舞われています。しかし彼女があっぱれなのは、どんな時も一貫して、夫をアテにはしていないことです。

例えば自宅で過呼吸を起こした時、弘兼先生は焦って背中や手足をマッサージしてくれるのですが――。

「彼は、しばらくの間私の手足、背中をさすってくれた。しかし、なんか変だ。いまひとつ熱意が感じられないのだ。見ると、その姿勢、腰が引けているではないか。手の動きも、どこかぎこちない。妻が断末魔のような物凄《ものすご》い形相で喘《あえ》いでいるのに。

……あ、だからか。

『今現在、この男は妻を心配する気持ちより、妻を怖がる気持ちの方が、きっと強いに違いない』」

幸い、症状はすぐに落ち着いて事なきをえましたが、柴門さんはこのように悟ったそう。

「夫をアテにすることなく、自分の健康は自分で管理せねば」（以上「頭ではなく体に

聞け！」より）

そう、世の中の男の多くは、妻に介護してもらうことは考えているが、妻を介護することは考えちゃいないのです。なのに夫をアテにしていると、アテがはずれた時に怒りと失望にとらわれます。多分柴門さんはそれがよくわかっているから、夫をアテにしないのです。そしてアテにしてなかった夫が、もし心変わりして献身的に介護してくれたら、それは「ハズレくじ」だと思っていた宝くじが実は「当たりくじ」だった時のような、望外の喜びをもたらしてくれるでしょう。

ちなみに今、柴門さんは愛犬の存在によって、以前よりもずっと健康になったそうです。

「私に、神様が与えてくれたのが愛犬である。朝夕二回の散歩は、早寝早起きを習慣づけてくれた。何より、愛しいリンコを撫《な》でるだけでストレスが癒されるのだ」

（「ガン細胞が見つかりました【後編】」より）

さて、最後にトピックスをひとつ。

二〇一九年の秋、弘兼・柴門夫妻に待望の初孫が生まれました。長女のマリコさんのご長男です。母性愛の塊の柴門さんは、連載漫画を抱えながらもマリコさんの産後の面倒をガッツリみておられました。そしてもちろん「婆《ばば》バカ」と自称するほど、お孫さんを大変可愛がっています。

「ウチの夫も、孫が生まれてから、ちょいちょい様子を見に来るわよ」

と、柴門さん。もしかして、子供も犬も全然面倒をみなかった弘兼先生も、孫は特別なのでしょうか？

「それじゃあ弘兼先生も今や孫べったり？　オムツを替えたりとか、するんですか？」

と、聞いてみたところ、こんな答えが返ってきました。

「いえ、ぜーんぜん！　お世話もまったくしませんね」

老いたりといえども、弘兼先生の「俺流」ライフは変わらず。そんな弘兼先生とずっと夫婦円満を続けてこられたのは、柴門さんの海のように深い愛と、夫を上手に従える「人生の知恵」があってこそなのでしょう。

（きばやしゆうこ／ワイン漫画『神の雫《しずく》』原作者　亜樹直《あぎただし》・姉）

――――本書のプロフィール――――

本書は、二〇一六年十二月に単行本として小学館より刊行された同名エッセイ集を文庫化したものです。

小学館文庫

老《お》いては夫《おっと》を従《したが》え

著者　柴門《さいもん》ふみ

二〇二〇年二月十一日　初版第一刷発行

発行人　飯田昌宏
発行所　株式会社 小学館
〒一〇一-八〇〇一
東京都千代田区一ツ橋二-三-一
電話　編集〇三-三二三〇-五八二七
　　　販売〇三-五二八一-三五五五
印刷所――――大日本印刷株式会社

この文庫の詳しい内容はインターネットで24時間ご覧になれます。
小学館公式ホームページ　https://www.shogakukan.co.jp

ISBN978-4-09-406742-2